石川啄木　トレビアンなお話

山本玲子

この本は
私の
私による
私のための
つぶやきです

石川啄木　トレビアンなお話／目次

【第一章】 トリビアの部屋……7

♣明治三十二年から出題……9
啄木が初めて見た海
♣明治三十五年から出題……11
床の間に飾ったもの／明治時代の図書館
♣明治三十八年から出題……15
東京で暮らす時の覚悟／「理想の妻」とは
♣明治三十九年から出題……19
興味ある術／秋になると増えること／妻の留守中に取り出したもの
♣明治四十年から出題……27
一国の将来を占う／元日の朝の慣習／北海道でご馳走になった飲み物／故郷の友へのおもてなし
♣明治四十一年から出題……33
落成式に企画したこと／社長からの贈り物／啄木のあだ名／釧路時代にかかった病気／港におりた啄木が最初に行った所／与謝野家の書斎を見て驚いたこと／好きな音／お金があったら欲しいもの／東京の夏に悩ま

されたこと／鉄幹がハンカチに包んで持って来た物／生れて初めて遭った被害／田舎の娘が東京で初めて見て驚いたこと
♣明治四十二年から出題……57
就職依頼会見で要求したこと／朝日新聞社に勤めるにあたって心掛けたこと／家出してきた教え子にかけた言葉／夏の間だけ開業する店／家出から戻った節子さんと一緒に行った所／三つの楽しみ
♣明治四十三年から出題……69
文化の相違を実感／長男の啄木が望んだこと
♣明治四十四年から出題……73
妻に命じた事／産見舞いに持って行ったもの
♣明治四十五年から出題……77
見舞いに持って来た薬
【第二章】　ストーリーの部屋……79
♣追いかけてくる女……81
♣啄木悲話……101
♣幻のローマ字日記……140

♣一握の砂を示し人……164

【第三章】　エッセイの部屋……187

♣風に乗じて……189
♣私の「青森時間」……193
♣甘酸っぱいふるさとは今……197
♣今年の花の色は……200

【第四章】　論考の部屋……205

♣ふるさとは遠きにありて～啄木の盛岡・渋民～……207
♣啄木、借金の言い訳……210
♣これも「一興」なり～花婿不在の結婚式～……216
♣啄木と智恵子～オーロラの友情～……227

啄木年譜……242
おわりに……250

第一章　トリビアの部屋

明治三十二年

♣啄木が初めて見た海

問

周囲が美しい山々に囲まれた所で育った啄木は、海に強いあこがれがありました。

そんな啄木に中学生の時に初めて海を見る機会がありました。

啄木が初めて見た海は、どこの海でしょうか?

次の三つの中からお選びください。

① 岩手の海
② 青森の海
③ 東京の海

答　③　東京の海

解説

「東北の山中に育った予には由来海との親しみが薄い。十四の歳に初めて海を見た。それは品川の海であった」（「汗に濡れつゝ」より）

と啄木は述べています。

それは明治三十二年の夏――啄木、盛岡中学二年の夏休みの時でした。

その頃、日本鉄道株式会社に勤めていた義兄（姉の夫）・山本千三郎が上野の駅に勤めていましたので、義兄を頼って上京したのでした。

初めて海を見た時の印象を、啄木は「海は穢《きたな》いものだと思った」と述べています。

翌年の明治三十三年の夏休みにはクラス会の旅行で岩手の三陸海岸へ行きます。以来、旅の途中で時々海を見る機会はありましたが、海を敬し、海を愛しながらも、まだ物語る程親しくはなっていませんでした。

明治四十年五月に故郷を去り、函館で暮らした百二十余日、この間に日毎の様にかの大森浜の砂の上で海との媾曳《あいびき》が遂《と》げられ、この時に最も海と親しんだ啄木でした。

明治三十五年

♣床の間に飾ったもの

問

明治三十五年十月、僅か十六歳の啄木でしたが、盛岡中学校を退学し、詩人をめざして上京しました。

そして知人の紹介で下宿した部屋の床の間にあるものを飾りました。

それは何でしょうか？

次の三つの中から一つ選んでください。

① 花
② 掛け軸
③ こけし

答　**掛け軸**

解説

明治三十五年十月、僅か十六歳で盛岡中学校を退学し、詩人をめざして上京した啄木は、東京市小石川区小日向台町にある大館みつ方に下宿しました。部屋は床の間つきの七畳で、南と西に掾《えん》があり、眺望が大いに良かったことが啄木の日記に記されています（明治三十五年十一月二日の日記より）。

二十日程経って、啄木は渋民にいた頃に掛けた「勿来《なこそ》の関の碑」の一軸を下宿の床の間に下げたのでした。この掛け軸は恋人・節子さんが啄木の実家に遊びに来た時にも床の間にかけてありました。啄木にとっては掛け軸の内容よりも「節子さんと一緒に眺めた掛け軸」という事が、とても大切なことだったのだと思います。

「なつかしきは吾に文玉ふ人々とこの掛物、母が手づからせし夜具、と自分の体也」

（明治三十五年十一月廿一日の日記より）

と啄木が述べるように、恋人からの便りやお母さん手作りの布団と共に掛け軸は懐かしいアイテムでした。

あなたにとって懐かしいアイテムはありますか？

明治三十五年

♣明治時代の図書館

問

明治三十五年十月、盛岡中学校を退学した啄木は詩人をめざして上京しました。東京へ行ってからは図書館に通いましたが、明治の図書館と現代の図書館とは違いがあります。

大きな違いが二つありました。それは何でしょうか？

答　①有料　②婦人室があった

解説

明治三十五年十月に盛岡中学校を退学して上京した啄木は、四ヵ月ほど東京で過ごしている間、むさぼるように本を読みました。

日本橋の丸善書店へ行ったときは、たくさんの洋書が並べられ、語学力をためそうとする青年たちをうらやましく眺めました。

麹町にある大橋図書館へもよく行きました。そこには約四万冊の蔵書がありました。啄木は「連用求覧券」を買い求めて、白壁の広い閲覧室で本を読みました。啄木がまず初めに手にしたのはトルストイの本でした。そうして一日を費やすこともありました。

そしてまた当時の図書館には「婦人室」がありました。その頃「男女七歳にして席を同じうせず」という慣習があり、男女はみだりに交際してはいけないという考え方がありましたので、女性専用の部屋が設けられたのでした。

今にして思えば、受験生にとって図書館が有料であればそれだけ勉強にも身が入ったでしょうし、婦人室があれば、それぞれ異性を意識せず気が散らずに集中できたかもしれませんね。

明治三十八年

♣東京で暮らす時の覚悟

問

明治三十八年六月四日から啄木と節子さんの結婚生活が盛岡市帷子小路《かたびらこうじ》の家でスタートしました。実は啄木は東京に節子さんを呼んで、東京の駒込神明町で暮らそうと家を見つけていたといいます。しかし、ここで暮らすには、駒込名物の□□に□□□されることを覚悟して上京せなくてはならない、と節子さんに言いました。

さて、節子さんは何を覚悟しなければならないと啄木は言ったのでしょうか？

ヒント

①啄木は住む家には結構これにこだわっていました。
②啄木が住まいに決めた家の周辺は緑が多く、静かな所でした。
③啄木が苦手なものです。

答　藪蚊《やぶか》にさされること

解説

啄木が東京で詩集『あこがれ』を出版して間もなくの頃でした。

盛岡では啄木と節子さんの結婚の準備を急いでいました。二人の居住地も決められ、婚姻届けも盛岡市役所に出されていました。

一方、啄木は東京で暮らすつもりで駒込神明町四百四十二番地の新らしい静かな所、吉祥寺の側に家を見つけたことを友人宛の手紙に書いています。とても良い所で、炊事係のお婆さんも頼んでおいた、とのこと。そして節子さんへ次の事を伝えて欲しいと書いています。

「天下の呑気《のんき》男なる啄木の妻となるには、駒込名物の藪蚊に喰はれる覚悟で上京せなくてはならぬと」

駒込の藪蚊はそれほど有名だったのでしょうか―江戸時代に作られた川柳に、

じやと蚊の出るの八駒込の六月　春魚　（柳多留二四篇）

というのがあります。啄木はこの川柳を知っていて、「駒込名物の藪蚊」と表現したのかも知れません。いずれにしましても啄木は蚊が苦手だったようです。

明治三十八年

♣「理想の妻」とは

問

啄木はある物について、「価（ね）安かりけれど、よく風流を解したる奴なり」と讃え、「理想の妻」と表現しています。

いつも啄木と共にある物ですが、それは何でしょうか？

答　帽子

解説

啄木が愛用していた帽子は、中折れ帽子でした。

その帽子は東京の神田小川町のとある洋物店で買ったものでした。以来、ずっと啄木と行動を共にしていました。

その帽子には数々の思い出が沁み込んでいる、と啄木は言います。例えば、汽車の中で出会った人たちの息や渋民村の平和なる大気、書斎の一室に漂うお茶の煙と煙草の煙、お医者様の玄関で吸った薬の香り、母校のオルガンの室で聞こえた楽声の余韻、さらには野路の草花の香、雨の匂いなどが沁みこんだとも。

啄木は、帽子に深い深い愛着を覚えていました。

「価安かりけれど、よく風流を解したる奴なり」（「閑天地」より）

と讃え、誠心にして忠実、我と如何なる運命をも共にして、たゆまざる熱愛を持った「理想の妻」と表現しています。

そう言えば、昔「人間の証明」という映画があって、有名な台詞「母さん、僕のあの帽子どうしたでせうね…」は西條八十の詩「ぼくの帽子」がオリジナル。啄木に憧れていた西城八十。詩の原風景は、啄木の中折れ帽子だったかもしれません。

明治三十九年

♣興味ある術

問

「この術を修練したなら、空中を歩いて岩手山に登る事も出来うると信ずる」と啄木は述べています。

また、魔笛を吹けば幾万のネズミや子供を集めることもできる、とも。

さてどんな術でしょうか?

答　催眠術

解説

明治三十九年三月二十七日の日記に、

「催眠術こそ面白いものである」

と述べています。そしてまた、

『キリストはガラリヤの海で水上を歩いて、弟子たちの乗っている舟に上ったと聖書に記されているが、水上は愚かな事、自分はある時機までこの術を修練したなら、空中を歩いて岩手山に登る事も必ず出来ると信ずる。ブラウニングの詩にある様に、一管の魔笛を吹いて幾万の鼠や小供を集める事も出来るに違いない」

とも。

また、小説「葬列」には、催眠術の奥義を極めておいて、足が悪い人、目が悪い人、あるいは病気の人の頭に手を当てただけで直してやる―と述べています。

啄木は歌人としてではなく、小説家として成功することを目指していました。私たちを小説の世界に誘う――そんな催眠術師のような小説家を夢見ていたのかもしれません。

催眠術が使えたなら、私は―。

明治三十九年

♣秋になると増えること

問

秋になるとあるものが増えると啄木は言っています。

「秋は人の心に温かみを持ってくるのであらう」

とも言ってますが、秋になると増えるものとは何でしょうか？

答　手紙

解説

「この秋になつてから、一ケ年も二ケ年も音信不通で居た友人から、よく手紙が来た。秋は人の心に温みを持つてくるのであらう。又、未知の詞友からも求友の文が二つ三つ来た」

と啄木は述べています（明治三十九年十一月の日記より）。

啄木からも多くの人にたくさんの手紙を出しています。現在確認されている啄木の手紙は五百数十通にも及びます。官製はがきや絵葉書を使ったり、原稿用紙や半紙、条幅紙を使って書いたりしています。長い手紙では五、六メートルもあります。筆記用具は万年筆を使ったり、筆、鉛筆などで、とても手紙の形式に囚われない、自由な書き方ですが、相手への思いが伝わるような手紙です。

ほそぼそと
其処《そこ》ら此処《ここ》らに虫の鳴く
昼の野に来て読む手紙かな

（歌集『一握の砂』所収）

明治三十九年

♣妻の留守中に取り出したもの

問

啄木の妻・節子は臨月が近づいて盛岡の実家に帰りました。
そんなある夜、啄木はふと思い出して竹行李からあるものを取り出しました。
さて、何を取り出したでしょうか?

答　手紙

解説

妻・節子は臨月が近づいたために十一月中頃から盛岡の実家へ行っていました。

妻の出産も近いある夜、啄木は眠られず、ふと思い出して、部屋の隅にある竹行李に、この五年間、節子に送った百幾十通の手紙の一束を取り出したのでした。

青春の思い出が綴られているその手紙に気がついた時、啄木の心は、

「暗闇の林の中でふと春月に照らされた心地」

であったと述べています（明治三十九年十二月二十六日の日記より）。

「ああ、これが乃ち自分の若き血と涙との不磨《ふま》の表号」

「我が初恋――否一生に一度の恋の生ける物語であるのだ、自分と妻せつ子との間の！」

とも。

こうして啄木は、生まれてくる我が子の誕生を待ったのでした。その三日後、無事、女の子が生まれました。

明治四十年

♣一国の将来を占う

問

給料の事、税金の事、教育の事、年金の事など社会に対するいろんな問題意識から、将来に不安を感じていらっしゃる方も多いのではないかと思います。

啄木は、国の将来がどうなるかを占おうとするならば、先ずその国の何を見ればわかる、と言っているでしょうか?

答　少年

解説

『盛岡中学校校友会雑誌』（第九号　明治四十年三月一日発行）に、啄木は中学の後輩たちのために「林中書」という題のエッセイを掲載しています。その中に次のような一文があります。

「一国の将来を卜《ぼく》せんとすれば、先づ其国《そのくに》の少年を見るべし、其少年の享《う》けつつある教育の如何《いかん》を詮議すべしである。否、此《この》詮議をなすに先立って、先づ真の教育とは如何《いかが》、教育の目的は如何、といふ問題を解決しておかなければならぬ」

この頃の啄木は渋民尋常高等小学校で代用教員をしていました。独自の教授法で教育にあたっていましたが、教育について多くの問題を感じていました。そして真の教育の目的は、「人間」を作ることである、と述べています。

ちなみに、啄木の不完全な部分に注目する人もいらっしゃるのですが、私は自分の弱さを認めた上で、子供たちに寄り添う啄木の人間性に惹かれていますし、これからもその気持ちは変わらないと思っています。

明治四十年

♣元日の朝の慣習

問

元日の朝、啄木は慣習に従ってやっていたことは何でしょうか?
そこには礼儀正しい啄木の姿を垣間見ることができます。

答　あいさつ回り

解説

明治四十一年元旦の日記には、小樽の正月風景を次のように記しています。

「十一時頃出掛けた。世の中は矢張お正月である。紋付を着て、手に名刺を握って、門毎に寄って歩いている男が沢山ある」

このようにかつての日本の正月は、紋付の着物を着て、名刺を持って、近所のあいさつ回りをする風景がありました。啄木もまた渋民村（現岩手県盛岡市）で暮らしている頃には、朝餉《あさげ》の前に年頭の回礼に歩きました。

「駅内二十一軒。まだ起き出でざる人もありき、起き出でし許りにて、顔洗はぬ人もありき、しからざるも大方は朝餐の前なりき」

と述べ（明治四十年一月一日の日記より）、誰よりも先に迎新の辞をのべたことが記されています。

しかしそんな啄木も、明治四十五年の元旦には病床に伏していて、挨拶まわりができませんでした。そのために隣近所の廻礼は、数え六歳になる娘に挨拶の口上を教えて、午前のうちに名刺をくばらせたのでした。

ご近所さんは上手に口上を終えた啄木の娘を切なく見送ったことでしょう。

明治四十年

♣北海道でご馳走になった飲み物

問

明治四十年九月十三日、その頃、函館にいた啄木でしたが、友人からあるものを「ご馳走したい」と言われ、それをいただくためにわざわざでかけました。

それは北海道らしいものですが、何でしょうか?

答　牛乳

解説

明治四十年九月十三日、この日の啄木は函館を去って、札幌に向かうために多忙な一日でしたが、午前十時に新川町に大塚信吾を訪ねて、牛乳を呑む約束がありました。

啄木は岩崎、並木の二人と共に行きました。

牛舎の二階の牧草室の一隅に大塚君の書斎がありました。そこはとても心地良い所でした。下から牛が唸る声がし、あたりには枯草の香が満ち満ちていました。

紺青色《こんじょういろ》の牛乳の瓶はちりぢりばらばらに高窓から射し入る日光を映していました。

啄木は、「すべては外国の小説の中にある様なる心地したり」と述べています。

ふと思い出したのは昔流行ったアニメ「アルプスの少女ハイジ」。原作はスイスの作家ヨハンナ・スピリ（一八二七年～一九〇一年）。啄木もこの「ハイジ」の物語を知っていたのかもしれません。

明治四十年

♣故郷の友へのおもてなし

問

啄木が小樽日報社に勤めていた頃、渋民村（現盛岡市）の友の突然の来訪がありました。

大変喜んだ啄木は、社に行って一緒にあるものを食べました。

さて、何を食べたでしょうか？

今では多くの人の好物ですが、当時は大変珍しいものでした。

答　ライスカレー

解説

啄木は明治四十年十月一日から新しく出来た小樽日報社に勤務していました。後に童謡詩人として知られる野口雨情と共に三面の担当となり、同月十五日に『小樽日報』初号が発行されました。

そのようなこともあり、そしてまた新しい交流も始まり、多忙の日々を過ごしていた啄木でしたが、同月十七日に渋民村の友・立花直太郎君が突然来訪しました。

「喜ぶ事限りなし、社にゆきて共にライスカレーを喰ふ」

と啄木は日記に記しています。

啄木にとって、最高のおもてなしでした。

昔は「ライスカレー」と言っていたのですね。でも私はカレーのルーが好きなので「カレーライス」という呼び名がいい。

明治四十一年

♣落成式に企画したこと

問

新築落成の二週間程前に釧路新聞社に勤めた啄木でしたが、明治四十一年二月二日の落成式を祝し、啄木は『ある催し物』の準備を数日前から始めていました。

それは何でしょうか？

次の三つの中から選んでください。

①福引きの準備
②歌を詠む準備
③寸劇を披露する準備

答　①福引の準備

解説

啄木が釧路新聞社に勤めたのは、明治四十一年一月二十二日のことでした。啄木は編集長格として迎えられ、釧路の料亭の様子を描いたコラム「紅筆だより」などに筆をふるい、釧路新聞は爆発的に売れるようになりました。

そんな啄木は、新築落成の大宴会の準備委員長となり、五日程前の夜から福引の考案にかかりました。そして三日前に福引のクヂを作りました。

いよいよ新築落成式の日の夕方、啄木は社の同僚から借りた羽織袴を着て、宴会場の料亭へ行き、席を作って準備していると四時に開会となりました。来会者七十余名に芸妓が十四名でした。

「福引は大当りで、大分土地の人を覚えた」

と啄木は日記に記しています。

明治四十一年

♣社長からの贈り物

問

釧路新聞社で記者として働き始めた啄木は大活躍をし、新聞は爆発的に売れました。

そんな啄木へのご褒美に社長さんから贈り物がありました。

それは何でしょう?

答　時計

解説

明治四十一年一月二十二日から釧路新聞社に勤めた啄木は、三面を担当し、編集方針を変え、意欲的に仕事をしました。

釧路新聞社の社長は「新聞の体裁が別になった」と大喜びでした。そしてご褒美に啄木は五円と銀側時計を社長からもらいました。その時の心境を次のように記しています。

「数日前社長が銀側時計買つてくれ候、大した事件でもなけれども、何しろ小生生まれて初めて時計を持ったの故特御知らせ致候…」（明治四十一年二月四日　向井永太郎宛書簡より）

しかし、その時計も二週間もしないうちに五円半で質に入れてしまいました。そうしてかつての職場の同僚・遠藤隆君と共に料亭・喜望楼へ行き、そこでお金が消えました。

私が初めて時計を持ったのは、中学一年生の時に、父から買ってもらった赤い革のベルトの時計でしたが、いつの間にか失くしてしまいました。主《あるじ》を失った時計は、いつまで時を刻んでいたのか、と啄木の銀側時計と重ねて思い出しています。

明治四十一年

♣啄木のあだ名

問

小樽から釧路へ行った啄木の頭に一銭玉位のハゲが出来ていました。
それをみつけた釧路の芸者さんたちが啄木にあだ名をつけました。
さて、どのようなあだ名でしょうか?
「豆〇〇」というあだ名です。

答　豆ランプ

解説

明治四十一年一月二十二日から釧路新聞社に勤めた啄木でしたが、その前に勤めていた小樽日報社で、社内の内紛に巻き込まれ、社内の人間関係もうまくいかず、そのようなストレスで頭にハゲが出来たのでした…いわゆる「円形脱毛症」ですね。

そんな啄木に懇意にしていた釧路の芸者たちから「豆ランプ」というあだ名をつけられたのでした。その時の様子を啄木は次のように記しています。

「僕は宴会以来豆らんぷと綽名《あだな》のついた禿頭を叩いて、モ少しでナツタナツタ節を歌ふ所であつた（明治四十一年二月八日　宮崎大四郎宛書簡より）」

ナイーブな啄木がユーモアで返していたであろう一面を垣間見るような思いですが、もし例えば私が「豆タンク」とあだ名を付けられたら、果たして許せただろうか？

明治四十一年

♣釧路時代にかかった病気

問

啄木が釧路新聞社に勤めて二か月程たったある日、何を見ても何を聞いてもただ不愉快で、身体中の神経も不愉快にうずき、頭が痛くて、足がだるく、会社を休みました。

その症状が五日程続いた頃に、啄木はある病名を自分で付けました。

さてどのような病名でしょうか?

答　不平病

解説

釧路新聞社に勤めて二か月程が経った三月二十三日、この日から啄木の不愉快な日が始まりました。

「何を見ても何を聞いても、唯不愉快である。身体中の神経が不愉快に疼《うず》く。頭が痛くて、足がダルイ」

と日記に記されています。社を休んで、終日寝て暮らす日が続きました。いったい啄木はどうしたのでしょう？　その二日後の日記を見ますと、

「石川啄木の性格と釧路、特に釧路新聞とは一致する事が出来ぬ。上に立つ者が下の者、年若い者を嫉《ねた》むとは何事だ」

とあります。どうやら社内の人間関係が原因で神経衰弱になったようです。そんな自分の身体の状態を啄木は「不平病」と名づけたのでした。

当時、釧路で開業していた万澤医師にも診てもらいました。医師は「不平病なら僕の手で兎《と》ても癒せぬですが」と言って聴診器をとり、「神経衰弱」と診断しました。

こうして会社を休んだまま四月五日、酒田川丸で海路、釧路を去り、函館へ向かいました。嫉妬されていると感じたなら「逃げるが勝ち」。啄木の判断は間違っていなかったと、私は思います。

明治四十一年

♣港におりた啄木が最初に行った所

問

明治四十一年四月五日、啄木は釧路から船で函館へ向いましたが、その船は、明けて六日の午後二時十分に岩手県の宮古港に寄りました。上陸して啄木が最初に行った場所はどこでしょうか?

答　銭湯

解説

明治四十一年四月五日、釧路を発った船は、翌六日の午後二時二十分に宮古港に入りました。すぐに上陸した啄木は、漁港の側の銭湯「七滝湯」に行き。入浴しました。旅の疲れを癒すにはお風呂が一番いいですね。漁港にある銭湯は、漁を終えた漁師たちがよく利用していたようです。

宮古でたっぷりと時間がありましたので、友人の紹介で道又金吾医師を訪い、そこで中学時代の恩師・冨田小一郎先生の消息を聞き、その後、食堂に入ってウドンを食べて乗船したのでした。船は夜九時に抜錨しました。

私の銭湯の思い出は、東京に取材に出掛けた時の上野の銭湯。立派な龍の刺青の入った女性から話しかけられたこと。ドライヤーをしているとき韓国人の方だったか、じっと私を見ていたこと。

明治四十一年

♣与謝野家の書斎を見て驚いたこと

問

明治四十一年四月二十八日、北海道から上京し、与謝野鉄幹・晶子夫妻の家に旅の荷を降ろした啄木は、お馴染みの四畳半の書斎に通されました。その時に唯一驚かされたことがあります。それは何でしょうか？

答　電燈

解説

北海道から海路上京した啄木は、明治四十一年四月二十八日に東京に着きました。そうして千駄ヶ谷の与謝野家に行き、そこに旅の荷を下ろし、しばらく与謝野家のお世話になりました。

三年ぶりに見るお馴染みの四畳半の書斎は、机も、本箱も、火鉢も、座布団も全く変わりありませんでした。ただ、唯一驚かされたのは、電燈がついている事でした。その電燈について鉄幹氏は「月一円で、却って経済だから」と説明したといいます。

啄木は「この近代的な電燈と四畳半中の人と物と趣味とが不調和である」と感じ、さらに「この不調和はかつてこの人の詩に現われていると思った。そしてこの二つの不調和は、この詩人の頭の新しく芽を吹く時が来るまでは、何日までも調和する期があるまいと感じた」

とも、日記に記しています。

この「不調和」に、啄木自身の新しい文学を求めてやまない心の焦りや葛藤が投影されているように思えます。

明治四十一年

♣好きな音

問

明治四十一年五月十四日、啄木はその年初めてある音を聞きました。
啄木はその音が好きでした。
その音を聞くためにわざわざ窓を開けて聞くこともありました。
さて、何の音でしょうか?

答　雷の音

解説

北海道から上京して半月ばかり経った明治四十一年五月十四日の午後三時頃、雷の音がしました。その時、啄木は本郷の赤心館の二階に下宿していました。雷の音が段々、近くなってきました。

「自分は雷を好きなので、窓を明け放して盛んになるのを待ってる」と啄木は述べています。

翌月の六月八日のやはり午後三時頃にも遠雷がありました。窓の前のイチョウの葉がざわついて、勢いよく雨が降り出し、やがて雷鳴が刻一刻に強まってきて、そうして雹《ひょう》が降りました。その時も、啄木は障子を明け放して、言うばかりなく心地よく眺めたのでした。

なぜにこんなにも雷にひかれるのか―啄木はかつて次のように言っています。

「電気に力あり光あり火あり熱あり声ある事は、依然として人間の不可思議事ではないか」

科学では解明できない、自然の偉大な力を感じていたのでしょうね。

明治四十一年

♣お金があったら欲しいもの

問

北海道から単身上京して二か月になろうとしている頃、むしょうにお金が欲しくなった啄木でしたが、お金があったなら欲しいもの、したい事を四つ挙げています。

「本を買いたい」「電話附きの家にも住んでみたい」「小樽や渋民の子供らを呼んで勉強させたい」――残りの一つは何がほしいと言っているでしょうか?

次の三つの中から一つ選んで下さい。

①中国の古い花瓶が欲しい。
②日本の画家の絵が欲しい。
③ドイツ製の蓄音機が欲しい。

答　日本の画家の絵が欲しい

解説

明治四十一年六月、北海道から単身上京して二か月になろうとしている頃、啄木は本郷の下宿・赤心館に部屋を借りて暮していました。

友人の金田一京助も同じ下宿にいました。

七日の日曜日、啄木は金田一京助と一緒に上野の美術館で太平洋画会を見ました。啄木が気に入ったのは吉田博作の月夜のスフィンクス、それから、一人の女が香をたいて祈とうをしている図などでした。

それから一週間程が経った十五日、次のように日記に記しています。

「金が欲しい日であった。此間《このあいだ》太平洋画会で見た吉田氏の（魔法）、（スフィンクスの夜）、（赤帆）などを買ひたい。本も買ひたい。電話附の家にも住んでみたい。そして、吉野君岩崎君を初め、小樽の高田や藤田、渋民の小供等を呼んで勉強さしたい」

私は以前から買いたいと思っていた書斎の椅子を先日買いました。するともう欲しいものが浮かばない。発想や情熱が細ってきたようで少し寂しく感じます。

明治四十一年

♣東京の夏に悩まされたこと

問

明治四十一年の夏――北海道から上京した啄木は、初めて東京の夏を経験します。

七月二十九日の夜、啄木はあることで目が覚めました。

そしてその日は寝不足になりました。

啄木は何に悩まされたのでしょうか？

答　蚊

解説

それは明治四十一年七月二十九日の夜のことでした。

二時間程眠った時に、蚊に攻められて目が覚めた啄木。暗い部屋に濁った、生温かい空気が漂う中で蚊の音がし、払っても払っても襲ってくる。眠さもあって腹立たしくなって、両腕を振り回し、やがて起きて雨戸を開けた啄木でした。その時の外の様子を次のように描写しています。

「水よりも淡い夏の暁の世界に、そよとの風もない。烏が二度ほど鳴いた。程なくして蜩《ひぐらし》が二疋、遠くで啼き出した。雀の声。隣りの寺の太鼓が鳴り出した時、遠くで五時の鐘。太鼓が止んで雀は一層喧《やかま》しく囀《さえず》り出した。窓の下を牛乳配達が先づ通つた」

真夏の暁の様子が目に見えるようですね。啄木がやっと眠りについたのは、日暮時になってからでした。「蚊帳《かや》いらず」（今の蚊取り線香）を買って来て、それをくゆらしながら――。

冒頭でも話題にしましたけれど、明治三十八年、節子さんに「藪蚊」を覚悟して東京に来るよう語った啄木でしたが、自身は覚悟が足りなかったのかもしれませんね。

明治四十一年

♣鉄幹がハンカチに包んで持って来た物

問

啄木が与謝野家を訪ねると、ご主人の鉄幹さんは多摩川の鮎漁に出掛けていましたが、間もなく帰って来ました。

鉄幹さんはハンカチに包んで来たものを啄木に見せました。

それを見て啄木は

「郷里の方ならいくらでもある様な詰まらない物だ」

と思いました。

さて、ハンカチの中から出てきたものは何でしょうか？

答　石

解説

明治四十一年九月十日の中秋の明月の夜、啄木は与謝野の家を訪ねました。

そうしますと晶子さんは、勝手で月見お団子をこしらえていました。やがてそれと里芋と栗と豆の煮たのを持つて来て啄木と語り合いました。

程なくしてご主人の鉄幹さんが鮎漁から帰って来ました。そしてハンカチに包んだのをほどきました。出てきたのは三つばかりの石でした。

「形が面白いから拾って来た」

と鉄幹さんは言いました。

それを見て啄木は、

「郷里の方ならいくらでもある様な詰らぬ石だ」

と思い、そのような石でも面白いと思って拾って来たことを「面白い」と思ったのでした。

明治四十一年

♣生まれて初めて遭った被害

問

北海道から単身上京して半年が過ぎた頃の出来事でした。
夜、人の大勢いる所へ行きたくなった啄木は、浅草へ出かけました。
浅草は日曜日で非常な人出でした。
そこで啄木は生まれて初めての被害に遭いました。
どのような被害でしょうか？

答　スリ

解説

明治四十一年十一月一日――この日、啄木にとっては記念すべき日でした。

と言いますのも、「小説を書きたい」と思って北海道から上京して半年が過ぎた頃で、ようやく念願がかなって東京毎日新聞に連載小説「鳥影」の連載の一回目が始まった日でした。

その夜、なんということなく心がさびしくなって、人の大勢いる所へ行きたくなりました。八時頃にふらりと出かけ、本郷四丁目から電車に乗って浅草へ行きました。日曜日なので非常な人出でした。啄木は先ず活動写真を見ました。そこを出て見世物小屋の前を通って池の横に出、それから遊郭の方へ妙な気持ちで歩いていると、一人の男が啄木の後ろから突当りました。

そのときに啄木は財布をすられたことに後になって気がついたのでした。財布には四十銭五厘と実印が入っていました。

この出来事は、小説が新聞に出始めたと共に生れて初めての経験でした。

明治四十一年

♣田舎の娘が東京で初めて見て驚いたこと

問

小説「天鵞絨《ビロード》」には、渋民村の娘ふたりが家出して東京へ行き、ある家のお手伝いさんになります。

家のおかみさんは娘たちに、東京の事を一通り知っておいたほうがいいだろうと、ある所へ案内しました。

娘たちはそこで見たものに「やあ」と声をあげて驚きました。

次の三つの中のどれに驚いたでしょうか?

①電車
②電気
③水道

答　水道

解説

明治四十一年五月から六月にかけて書いた小説「天鵞絨《ビロード》」には、渋民村から家出して上京したふたりの娘が、旅の荷をおろした理髪店のおかみさんから「水道」というものを教えられる場面が描かれています。

おかみさんは――

「お前さんたちのおクニじゃ水道はまだないでしょう？　教えて上げますから」と言って、家から五、六間先へ行った所にある小さな郵便箱の様なものが立っている所へ娘たちを案内します。

「これが水道って言うんですよ。よござんすか、こうすると水がいくらでも出てきます」といっておかみさんは栓をひねると、とたんに水がゴウと出ました。

娘の一人が「やあ」と思わず驚きの声を出しました。もう一人の娘も声こそ出しませんでしたが、同じ「やあ」がノドもとまで出かけました――というくだりです。

私がエッセイを書くときも、水道の蛇口をひねるように泉のごとく文章が湧いてきたなら、その時私も「やあ」と声をあげよう。

明治四十二年

♣就職依頼会見で要求したこと

問

啄木は東京朝日新聞社に就職を希望し、面接に行きました。
その時、啄木から新聞社にあることを希望をしました。
それは何でしょうか?
次の三つの中から一つ選んでください。

①お金が欲しい。
②地位が欲しい。
③自由時間が欲しい。

答

①お金が欲しい。

解説

明治四十二年二月六日、啄木は朝日新聞社に就職を希望し、盛岡出身で、朝日新聞社で編集長をしている佐藤北江（本名・佐藤真一）氏を訪ねました。

その時に啄木は三十円の給料を要求しました。佐藤氏は明日の会見を約束すると共に、三十円で、夜勤校正として働けるよう一つ運動するとも言ってくれました。

翌日、約束通り朝日新聞社に佐藤北江氏を訪い、三分ばかりの会見で、前日と同じように三十円で使ってもらう約束、そのつもりで一つ運動をしてみる、という確言をえました。

採用決定の知らせを受けたのはそれから十七日後のことでした。

この面接の様子を啄木から聞いた友人の金田一京助氏は、三十円の給料を要求した啄木にあきれつつも、次のように書いています。

「月並みな会釈の言葉一つ言わず、底も蓋もない所をそのまま、何のこだわりもなく、見えや、飾りや、そんなものは一切吹き飛ばして真実と必要とだけになって、人間そのものを生一本にぶつかったものだった」（『金田一京助全集　十三』三〇一頁より）

明治四十二年

♣朝日新聞社に勤めるにあたって心掛けたこと

問

明治四十二年三月一日から啄木は東京朝日新聞社に勤めました。

その時に電車で通勤するにあたって五十回券を買い、名刺を頼み、準備をしました。

そしていくつかを心掛けしましたが、次の三つの中で心掛けなかったことが一つあります。

それは何でしょうか?

①煙草を節約すること
②往復の電車の中でドイツ語を勉強すること
③浅草の賑わいからしばし遠ざかること

答　浅草の賑わいからしばし遠ざかること

解説

釧路新聞社を辞めて上京し、一年程が経って啄木はようやく東京朝日新聞社に職を得ることができました。明治四十二年三月一日から出社し、校正係の任につきました。

そんな啄木は三日目の日記に次のように書いています。

「七時頃おきる。今日から可成《かなり》煙草を節約すること、往復の電車の中でジャーマンコースを勉強することを励行する。五十回券を買ふ。名刺たのむ」

その頃、啄木は本郷に住んでいましたので、本郷三丁目から東京朝日新聞社に近い数寄屋橋まで電車で通勤しました。電車に乗っている時間は、啄木にとって楽しみな時間で、かねてから興味を持っていたドイツ語の時間に当てました。

そしてまた、函館に残して来た家族を東京に呼んで、家族とともに暮らすにあたって、家計を考え、煙草を節約しようとしたのでした。

人間が大好きな啄木のこと。浅草の賑わいを遠ざけることは難しかったのではないかと思われます。私の引掛け問題でしたが、いかがでしたでしょうか?

いずれにしても、こうした心掛けから就職が決まり、新しい生活に夢と希望を抱いている啄木の様子を窺うことができますね。

明治四十二年

♣家出して来た教え子にかけた言葉

問

明治四十二年五月二日、東京で単身生活をしている啄木を、渋民尋常高等小学校で代用教員をしていた頃の教え子が訪ねて来ました。

その教え子は家出同然に故郷を出、東京で何か職につきたいと願っていました。

その教え子の行動に対して、啄木は無謀だと思いつつも忠告せずに、ある言葉をかけました。

その言葉とは何か、次の三つの中から一つ選んで下さい。

① 「恐れるな、内なる声を聴け」
② 「あせるな、のんきになれ」
③ 「うつむくな、夢を持て」

答　②「あせるな、のんきになれ」

解説

明治四十二年五月二日の日曜日、啄木は下宿にいて九時頃まで床の中にいました。その時でした――女中さんから渋民尋常高等小学校で代用教員をしていた頃の教え子が訪ねてきていることを告げられ、急いで床を上げたのでした。

その教え子は家出同然に横浜のおばさんの家に行き、二週間置いてもらった後、国までの旅費をくれて出されたものの国へは帰りたくないので、東京にいる啄木を訪ねたのでした。

「夏の虫は火に迷って飛び込んで死ぬ。この人達も都会というものに幻惑されて何も知らずに飛び込んで来た人達だ。やがて焼け死ぬか、逃げ出すか。二つに一つは免れまい。予は異様なる悲しみを覚えた」

と啄木は思いつつも、その無謀について何の忠告もせず、

「焦るな。のんきになれ」

ということを繰り返して言ったのでした。

明治四十二年

♣夏の間だけ開業する店

問

啄木一家は「喜之床」という床屋の二階を借りて暮していました。

その家の向いに車屋、一膳飯屋、ミルクホールが三軒並んでありましたが、一膳飯屋とミルクホールは夏の間だけ別の店になりました。

さて、夏の間だけ開業する店とは？

答　氷屋

解説

明治の頃、かき氷といえば大変珍しく、その始まりは明治二年六月、横浜馬車道に開業された氷水店といわれます。

明治四十二年の夏、啄木は家族と共に東京弓町の床屋「喜之床」の二階を借りて住んでいました。

「向う三軒両隣とよく言ふが、此二階からは両隣が見えない。向ふ三軒だけが見える。三軒の一軒は車屋である。二軒は並んで何《いづ》れも氷屋である。四寸許りの幅に赤い縁をとり、裾に鋸歯状の刻目をつけた氷屋のフラフが、予の鼻先に、竹竿の尖に吊り下がってゐる」

と啄木は述べています。

しかしそれは夏の姿で、氷屋に豹変する前は、一件は加賀屋という一膳飯屋で、その隣の氷屋は楽天舎というミルクホールでした。

「誰一人加賀屋が氷屋になった為に餓死した者はない。…これで見ても解る。我等が書斎の窓から覗いたり、頬杖ついて考へたりするよりも人生といふものはもつと広い、もつと深いもつと複雑で、そしてもつと融通の利くものである」（エッセイ「汗に濡れつゝ」より）

明治四十二年

♣家出から戻った節子さんと一緒に行った所

問

明治四十二年十月二日に盛岡の実家に家出をした妻・節子さんは、二十六日に啄木の許に戻りました。

啄木は上野駅まで節子さんを迎えに行きますが、その時に節子さんと一緒にある所に寄りました。

さて、二人でどこに寄って自宅に帰ったでしょうか?

答　美術館

解説

北海道から上京して四か月程が経った明治四十二年十月二日、節子さんは娘の京子ちゃんを連れて盛岡の実家に家出をしました。

原因は嫁姑の争いでした。啄木は日々、驚きと悲しみに暮れ、郷里の恩師や友人の金田一京助に協力を頼み、やっと節子さんを取り戻すことができました。

節子さんが東京に戻って来た日、啄木は上野駅に節子さんを迎えに行きました。そして節子さんと共に上野の森へ廻って半日散歩し、一緒に文展に入りました。

啄木は展示されている荻原守衛作「労働者」が気に入って、その絵葉書をたくさん買い求めたりなどして帰宅しました。（参考：『金田一京助全集』二三一～二三二頁、二五七頁）

実家に帰った奥様のご機嫌を取るためには「美術館」が効果的なようです。世の男性の皆様。メモのご用意を！

明治四十二年

♣三つの楽しみ

問

東京朝日新聞社に勤めていた頃の啄木には、日々、三つの楽しき時刻があったと言います。

一つは新聞を読む時間。二つ目は雪隠（はばかり＝トイレのこと）に入っている時間、そして三つ目ですが、次の三つの中からお選びください。

①夜、日記を書いている時間
②ビールを飲みながら語り合っている時間
③電車に乗っている時間

答　③　電車に乗っている時間

解説

「小生にも三つの楽しき時刻（?）あり、一つは毎日東京、地方を合せて五種の新聞を読む時間に候、……一つは尾籠なお話ながら、雪隠《はばかり》に入ってゐる時……残る一つは日毎に電車にて往復する時間に候」

と啄木は述べています（「東京毎日新聞」明治四十二年九月二十四日）。

新聞には世のよくない出来事、平和ではない事件が掲載されていて、それが多ければ多いほどこの世の中がまだ望みがあるように思われて、何となく心地よく感じる――と、啄木は言っています。

また、雪隠（トイレのこと）に入っている時は、誰も見る人がないので身心共に自由を得たように思い、心が落ち着く、と。

電車の中では、人を観察するのを楽しんでいました。「男らしき顔」「思切った事をやりそうな顔」「底知れぬ顔」「引しまりたる顔」「腹の大きさうな顔」「心から楽しさうな顔」「誇らしげなる美人」「男欲しさうな若き女」などと啄木は表現していますが、たくさん乗り合せた時はおのずから心楽しくなるというのです。

明治四十三年

♣文化の相違を実感

問

最近は民間人が月旅行へ行くことになったことが話題になっていますが、未来は、

「あなたはもう月へ行ってみましたか？」

という会話もされるかもしれませんね。

明治の時代、日常会話の中で、ある乗り物について

「あなたは見たことがある？」

という会話がされることがありました。

それは近代化の現れの一つとも言えると思いますが、何でしょうか？

答　汽車

解説

啄木の小説「道」には、東北本線に近い所にあるS―村の小学校教師が、東北本線から遠い所にあるT―村の小学校で開催される授業批評会へ行った時の様子が描かれています。

その中で、T―村の女性たちの半分が、「まだ汽車を見たことがない」と言うのを聞いたS―村の小学校教師は、

「汽車に近い村と汽車に遠い村との文化の相違を知った」

とあります。そしてその村の子供たちにも、

「お前達は汽車を見た事があるか？」

と聞いてみると、

「有る」「無い」「見た事があるけれども、乗った事あ無い」

と口々に答えると、

「休みの日にS―村へ遊びに来たら、汽車を見に連れてってやると」

と子供たちに言った、というくだりがあります。

東北本線は明治二十三年（一八九〇年）に盛岡まで開通し、翌明治二十四年（一八九一年）には青森まで全通しました。

汽車が珍しい時代の人々の日常会話を窺うことができますね。

明治四十三年

♣長男の啄木が望んだこと

問

昔、長男には親を扶養する義務がありました。啄木の父親は寺の住職を罷免《ひめん》されて以来、職につくこともなく、長男である啄木に頼っていましたので、啄木は両親と妻子の一家五人を養っていました。しかし、月末にもらった給料は、月の初めにはなくなってしまう程、生活に困窮していました。

この時、啄木はある制度の必要性を述べています。さて、どのような制度でしょうか？

①現在あるような年金制度
②お年寄りが生き生きと働ける制度
③長男だけに負担をかけない制度

答　①現在あるような年金制度

解説

啄木は、東京朝日新聞社の校正係をしていました。

月収は、夜勤と歌壇選者の手当てを入れて四十三円。両親と妻子一家族五人の糊口《ここう》は、啄木の月給にすべてがかかっていました。若い啄木に常に、重くのしかかっていた扶養の義務でした。

啄木の月給は一家の生活費の他、下宿料や医薬料に対する借金とその利子の支払いもあり、月末にもらった給料は月の初めにはなくなり、子供の小遣い銭や電車賃の工面にも窮状する有り様でした。啄木はこう言うのです。

「養老年金制度の必要が明白ではないか」

と。（参考：明治四十三年十二月三十日　宮崎大四郎宛啄木書簡）

公的年金制度の起源は、明治時代の初期から中期にかけてで、軍人や官吏を対象に創設された恩給制度でした。国民皆年金体制が実現するのは一九六一年のこと。

せめて父が働いていたら、せめて年金をもらっていたなら、啄木の負担や苦悩も軽減することができたでしょう。

明治四十四年

♣妻に命じた事

問

明治四十四年九月、この頃、自宅で病気療養をしていた啄木でしたが、収入がなく、友人から借金をする日々が続いていました。

しかしある出来事が原因で、その友人と義絶しました。

その時に啄木は妻の節子さんにあることを命じました。それは何でしょう。

答　「金銭出納簿」をつけること

解説

明治四十四年六月、盛岡市にある啄木の妻・節子さんの実家は、函館に転住しました。一家が函館に引っ越す前に節子さんは盛岡に今一度帰省したいと思いましたが、二年前、節子さんは家出して実家に帰ったことがあり、啄木は節子さんの帰省を許さず、節子さんの実家と義絶してしまいました。

そのことを憂慮した函館の友人の宮崎郁雨は実家の様子を節子さんに伝え、節子さんの両親には節子さんの様子を伝えるなど、節子さんと手紙のやりとりをしていました。

しかし、そんな二人に疑惑を持った啄木は、郁雨とも袂を分かったのでした。

経済援助の道が閉ざされた啄木は、「金銭出納簿」をつけることを節子さんに命じました。それは明治四十四年九月十四日から啄木が亡くなった翌日の明治四十五年四月十四日まで記入されています。

この「金銭出納簿」をつけることによって、啄木一家は心を寄せ合って、生活苦と闘ったのでした。（参考：岩城之徳著『石川啄木伝』三六六～三七〇頁）

明治四十四年

♣産見舞いに持って行ったもの

問

啄木一家が東京の小石川区久堅町《ひさかたちょう》の一軒家で暮らしている頃でした。
明治四十四年十二月二日、隣のお宅で赤ちゃんが生まれました。
その二日後、啄木はお見舞いにあるものを持って行きました。
さて、何を持って行ったでしょうか?

答　卵

解説

啄木の病気が発覚して一年になろうとしていました。

自宅での療養も長くなり、経済的にも困窮し、借金の返済も延期していた頃です。

「隣家の児嶋さんで赤ん坊が生れた。朝から人の出入が多いので、妻としてさうぢゃないだらうかと話してゐたところが、ギヤアギヤアといふ赤児の泣声がきこえた。女ださうだ」

と啄木は述べています（明治四十四年十二月二日の啄木の日記より）。

その二日後、啄木は産見舞いに卵を持って行きました。その時の金銭出納簿には「卵四十二銭五厘」と記されています。

当時、卵は高級品で、病気の時や出産した時ぐらいでないとなかなか庶民の口に入るものではありませんでした。その頃の卵一個の値段は二銭七厘位だったようですから、金銭出納簿から推察するに啄木は十五、六個を持って行ったのかもしれません。

自身もお金に困っていながらも、律儀な啄木を窺うような気がします。

明治四十五年

♣見舞いに持って来た薬

問

明治四十五年一月、病気療養中の啄木でしたが、そんな啄木に夏目漱石の門下生の森田草平さんがお見舞いに来てくれました。

お見舞いに持って来たのは、夏目漱石の奥さんから貰って来た十円と薬でした。

どのような薬を持って来たでしょうか？

今もある薬で、その時代の世相を反映した薬の名前です。

答　征（正）露丸

解説

啄木が亡くなる三か月程前の明治四十五年一月のことになります。

自宅で病気療養をしていた啄木でしたが、母親の容態も悪くなりました。しかし薬を買うお金も無く、苦慮した末に夏目漱石の門下生の森田草平さんに援助を乞う手紙を出しました。

その手紙を受取った森田さんは、直ぐに夏目家へ行き、夫人から十円もらって啄木に届けました。

啄木は恐縮しながらもいただきました。森田さんは丸薬の「征露丸《せいろがん》」も持ってきてくれました。

「これは日露戦争の時兵隊に持たせたもので、ケレオソオトと健胃剤が入つてゐるから飲んだらよからうといふ事だつた」（『千九百十二年日誌』より）

と啄木は述べています。

征露丸は、日露戦争（一九〇四～〇五年）の際、下痢や感染症などに効くとされて携帯したといいます。当初はロシアを征伐するという意味で「征露丸」と書きましたが、第二次世界大戦後、平和的な「正露丸」としたということです。

第二章　ストーリーの部屋

小説　追いかけてくる女

これは啄木が女にもてた話ではあるが決して自慢話ではない。その証拠に啄木自身、女性に振り回されて心底困ってしまったからである。それだけに興味をそそられるのである。

啄木とその女性が最初に出会ったのは明治三十八年四月十五日。新詩社という与謝野鉄幹が主宰する文学者の集いの文士劇《ぶんしげき》で、ちなみに演題は「青年画家」。台本は高村光太郎が書き下ろしたもので、今から考えるとかなり贅沢な遊びだった。

当時啄木は十八歳、まだ独身だった頃で、彼の役は「うぐいすの声」で顔を見せることなく終わった。

一方、肝心のその女性、名前は貞子《ていこ》といい十五歳だったものの、藤間流《ふじまりゅう》の踊りを堂々と披露した。啄木はこの貞子が眩しく見えたに違いない。

その後、啄木は帰郷して節子と結婚し、さらには北海道を漂泊するなど、目まぐるしい日々を過ごし、再び上京することとなった。気づくと貞子と出会って三年の歳月が過ぎていた。その中でも啄木と貞子は時折、手紙のやり取りをするなどの交流は続いていたようである。

そして上京した啄木は、ふと貞子の家を訪ねてみようと思い立った。

「ごめんください、石川です」

と声をかけると、ほどなくして快活な、切下髪《きりさげがみ》の女性が出てきた。貞子の母親だった。

「あらぁ、石川先生ではありませんか？　貞子、石川先生がお見えになりましたよ」

と奥に声をかけた。貞子が飛んできた。

「やだぁ。石川先生。お会いしたかったですわ。おっしゃっていただければ私から伺いましたのに」

貞子は喜びを爆発させてこれ以上にない笑顔を啄木に向けるのだった。

この日、貞子、妹、その両親に大歓迎を受けた啄木は、お寿司をごちそうになった。お酒を注がれ上機嫌の啄木は、渋民で代用教員をしていたこと、北海道を漂泊した話などを披露し、その場は大いに盛り上がった。

帰りがけ、貞子が見送りに出てきて、

「先生、今日は本当に楽しかったわ。ありがとうございました。もしよろしければ、決して先生のお邪魔はしません。たまに遊びに伺ってもよろしいかしら」

あくまで控えめな貞子だった。

「ああ、結構ですよ。私自身、東京は三年ぶりですすし、東京の話などお聞きしたいですし」

「うれしい。約束よ」

そう言って貞子は啄木の後ろ姿を見送った。

この再会を境に啄木自身の生活が一変し、飛んでもない事件に巻き込まれるとは想像だにしなかった。


翌朝。

「ごめんくださいまし」

啄木が下宿している赤心館の玄関先で若い女の声がした。女中が出てきて、粋《いき》な着物姿の女を一瞥《いちべつ》し、羨望と嫉妬のまなざしを向けながら、

「どなたに御用でしょうか？」

と尋ねた。

「石川先生はおいでになりますか？」

「石川さん！　朝から女の人がお見えですよ」

と聞こえよがしに声を張り上げる。

慌てて戸を開ける音がして、啄木が階段の下をのぞき込んだ。見上げた女と目が合っ

た。貞子だった。

「あっ」

と声を上げ、

「こちらへどうぞ」

と声をかける。

そして貞子は丁寧に下駄を揃え、何やら風呂敷包みを抱えしゃなりしゃなりと階段を登って行った。女中は『ほぉ』という顔をして口を開けて見送り、大事件とばかりにすぐさま女中部屋に駆け込んだ。

貞子が啄木の部屋に入り丁寧に裾を直しながら正座した。

貞子の着物はえんじ色の生地の上に大胆な桜の花柄、帯は緑の入った白色を締め、髪は流行りの束髪《そくはつ》と呼ばれる結い上げた髪を後ろでまとめる洋風であった。

啄木は挨拶も忘れ、しばし見惚れた。

「昨日はありがとうございました。お礼を申し上げたく参りました」

と言う貞子の声で我に返った。

啄木も胡坐《あぐら》をかこうとして、慌てて正座し、

「いえいえ、こちらこそ。ごちそうになりまして…」

と自室にも拘らず気おくれがした。

「あのう、これ。母が持たせてくれましたの」

と風呂敷包みを解くと重箱に入った牡丹餅《ぼたもち》が見えた。

「先生のお口に合うかどうか…」

「いやいや、もったいないことです。ありがとうございます。甘いものは好物ですから」

「ああ、よかった。うれしい」

貞子はにっこりとし、畳みかけるように、

「今、召し上がってくださいまし」

と言った。

「えっ」

昨夜はドイツ語の勉強をして遅く寝たので、まだ食欲はなかった。が、その場は啄木が牡丹餅を食べないと収まらないような気がして一つ取った。

「いかがです?」

と啄木の顔を覗き込む。

「おいしいです」

と多少むせながら返事をした。

「そう。よかったわ」

と満面の笑みを浮かべた。自分の用事が済んだとばかりに、

「ではこれで失礼します」

と、すっと立ち上がり帰ろうとする貞子に、

「あのう、重箱は」

と啄木が尋ねた。

「結構ですわ。そのうち取りに伺いますので、お気になさらずに」

と言ってさっさと部屋を後にした。


「牡丹餅、美味しいですね」

と金田一京助。金田一は啄木の同郷の友人で、のちに言語学者、アイヌ語研究者になるが、当時は國學院大學の講師をしており、啄木の上京前から赤心館に下宿していた。

「よかったら、もっと食べてください」

と啄木。

「それですぐ帰っちゃったんですね。その娘さん」

「そうなんです。多少強引な感じがしましたが、これが東京の今どきの娘なんでしょうね」

「石川君に気があるのは確かですね」

との金田一の言葉に、啄木もまんざらでもなかった。

翌朝。昨日とほぼ同じ時間に、若い娘の声。貞子だった。女中が出てきて、

『あっこの女、昨日の』

と思っているわずかな隙間を狙って、

「おはようございます。石川先生、いらっしゃいますか？」

と言葉を投げかけた。女中がいぶかし気に、

「石川さん、昨日の人がまた来ましたよ」

と階段に向かって大声で呼ぶ。まだ起きていなかった啄木は、夢の中で誰かが自分を呼んでいるような気がしたところで、飛び起きた。

「えっ」

布団をたたむ間もなく貞子が部屋に入ってきた。

「あっごめんなさい。寝ていらしたのね」

と言葉だけで取り繕って、悪びれる様子もなかった。

「どうしました？　こんなに早く」

さすがの啄木も面食らった。

「お天気がよかったから、先生にお会いしたくなったの。いけません？」

「いや、べっ別に。そうでしたか」

振り回されるなぁと思った。

「こんなにいいお天気。久しぶりよ。せっかくの日曜日、寝ていらしてはもったいないわ。ねえ、先生。どこかお散歩しましょうよ。ねえねえ」

強引に誘う貞子。

「わかった。いや、わかりました。ちょっと着替えますので下で待っててもらえますか」

「はいっ」

物分かりのいい子供のように頷いて階段をいそいそと降りて行った。

『やれやれ』

いささか持て余し気味だった。着替えが終わり、啄木が玄関先に現れると、貞子が啄木の手をひっぱり、

「浅草行きましょ！」

と言う。

路面電車の中で貞子は大はしゃぎだった。

「先生とこうしてご一緒できるなんて夢みたい。ねえ、先生、私の頬っぺたつねってみて」

と、頬を差し出す貞子。

すると目の前に座っていた二人の女学生が、あさっての方を向いて必死に笑いをこらえ、震えていた。それに気づいた啄木は、

「もう少し、小さな声でお願いできませんか」

「あらやだ、ごめんなさい。私、先生を困らせちゃったみたい」

そうこうしているうちに上野の広小路を過ぎ、しばらく行くと浅草の賑わいが見えてきた。

浅草六区。当時、東京の一大歓楽街だった。狭い通りは芝居ののぼりと流行りのカンカン帽、着物で埋め尽くされていた。

二人は浅草名物の電気館で上映されている活動写真を見に入った。

芸者と書生。永遠の愛を誓う二人は、男親の反対に遭ってしまう。自分の親の非礼をわびる青年に別れを告げる芸者。それでも離れられない二人は、ついにどこか遠くに逃げようと、心に決める物語だった。

貞子は終始ハンカチで涙をぬぐいながら見入っていた。

「あぁ、おもしろかったぁ」

仲見世を歩きながら、屈託のない笑顔で啄木に寄り添う貞子。

「いや、そのぅ。あっ、おもしろいもの見つけた」

と照れながら指さす啄木。

「えっ、どこどこ?」

啄木が指さすその先は、かざぐるま売りだった。橙、赤、黄、青、緑。様々な色のかざぐるまが一畳ほどの広さの出店に所せましと並べてあり、風に揺られていた。

「わぁ、きれい」

思わず貞子が目を輝かせた。


ほどなくして二人はカフェーに入り、コーヒーを注文した。

「私、この苦さと香りが大人になったみたいで好き」

「僕は薬だと思って飲んでいます」

と真面目に啄木が言った。

「やだ、先生。おもしろいこと言うんだから」

「いや、僕はほんとにそう思ってますよ。妙薬口に苦しってね」

「あはは。先生。ほんとに笑わせないでくださいまし」

「今日はありがとうございました。とってもとっても楽しかった」

と貞子。

「僕も久しぶりに浅草を満喫しました。ありがとう」

「うれしい。またお邪魔してもいいかしら」

「いや、はい。まぁ僕も一応仕事があるのでそれを外してもらったら」

とよくわからない返事をする啄木。

それからというもの、貞子はしばしば啄木のもとを訪れた。

確かに東京の流行の着物や東京弁など貴重な情報も提供してくれた。その意味で貞子は重宝な存在だった。

「先生！」

この頃は貞子の声に女中も反応しなくなっており、勢いよく階段を駆け上がる貞子の足音が日課になっていた。

しばらくは、啄木の質問に貞子が親切に答えるなどして時間が過ぎていった。が、そのうち今度は逆に貞子の方から啄木に、今日は何をするのかとか、小説はどんな話なのかとか、函館にいる奥さんは何をしているのかとか、矢継ぎ早に質問するようになっていった。

そこで事件は起きた。

その夜は満月だった。開けっぱなしの窓から心地よい風が吹き、啄木はぐっすり寝入っていた。

風が頬をなでた、と思った。薄目を開けるとなんと月影に映し出された貞子が啄木を覗き込んでいた。

「わぁ」

思わず声を上げた啄木。

「どっどうして。ここに」

「夜風が私をここまで誘ってきたものですから」

「何を言っているんですか。ご両親も心配なさる。ささ、皆に気づかれないように早く お帰りなさい」

「ええ、せっかく来たのに。いやです」

「いや、帰りなさい」

きっぱりと啄木。

「わかりましたぁ」

頬を膨らませていかにも不服と言わんばかりに、そっと戸を開けて貞子は帰っていった。現代であれば、これは明らかにストーカーだった。

困り果てた啄木は金田一に相談した。

「どうにも困りました。妻子ある身であることを説明しても、貞子さんの勢いは止まりません。そして、こう毎日押しかけられては小説を書こうにも気が散ってしまい書けません」

「石川君もお困りでしょうね。何か私にできることはありませんか?」

心優しい金田一を知り尽くしている啄木はすかさず、

「ありがとうございます。実は頼みづらいことなのですが、貞子さんが押しかけて来た時には私に知らせてくれませんか?」

当時、金田一は一階の入り口付近に部屋があり、啄木は二階に住んでいた。

「それだったら、お安い御用ですよ」

「ありがとうございます。そしてもう一つ頼みがあるのですが」

「どうぞ、なんなりと」

「貞子さんが私の部屋に来ているときに、二人っきりにならないように、金田一さんも同席していただけないでしょうか?」

一瞬、言葉に詰まったが、話の流れで断りきれず、

「わかりました。妻子ある身の石川君が身を持ち崩してはあまりに不憫。大役を買って出ましょう」

翌日、女中とも申し合わせ、貞子が来たら啄木は外出中でしばらく戻らないということにした。

案の定、女中と貞子が入れる入れないの押し問答をしている横を通り抜け、金田一が啄木の部屋に来た。

「石川君、来た!」

「ありがとうございます。金田一さん、そこにいてください」

と言ったか言わないうちにガラっと戸が開いた。

思わず金田一が啄木の書棚から一冊の本を取り出し、壁に寄りかかり読みふけっている様を演じた。

一方の啄木は長机に向かい、書き物をしている様を演じていた。

「先生！　もう、いらっしゃったのね」

心の中で正確に二秒ほど数えて、おもむろに振り返り、

「やあ」

と啄木が言った。

「あの女中ったら、ほんと嘘つき。先生は外出なんかしてらっしゃらないじゃないですか」

「ごめんごめん。小説に集中したく、誰も部屋に入れるなと女中に言い聞かせておいたのですよ」

「そう」

と言って疑り深い目をしたかと思ったら、

「ん？」

本に見入る金田一を一瞥し、貞子が冷淡に、そして鋭く言い放った。

「さかさまっ」

金田一が取り出したのはツルゲーネフの『初恋』だったが、さかさまだった。慌てて本をひっくり返し、金田一は凍り付いていた。

急場を凌ごうと、啄木はすかさず貞子に質問した。

「てっ、貞子さん、最近の東京の着物の流行りは何色だい?」

啄木に振返った貞子は、うっとりとした顔を向け、艶のある声で言った。

「浅黄色《あさぎいろ》よ」

そして貞子は着ている着物を広げて見せ、浅黄色の薄《ススキ》の柄に紫のラインが入った袖を近づけて見せた。

「ほぅ。そうですか。浅黄色かぁ。これは岩手山のすすきのようですね、金田一さん」

「あぁ、そ、そうですね」

声を絞り出して返事をした。

貞子は口をへの字に曲げて、いかにも『あんたは邪魔なのよ』と言わんばかりに金田一をにらんでいたが、金田一はてこでも動かない。

『本に集中しろ。集中しろ』

と念じる様は、さながら邪鬼を感じつつ気配を消そうとする耳なし芳一のようであった。

啄木と金田一が申し合わせている雰囲気を感じ取ってか、

「わかりました。先生はお忙しいようなので、今日のところは帰ります」

と言って、

「ふん」

と力強く戸を締めて貞子は出て行った。

思わず二人の力が抜けた。啄木は金田一を拝むように、

「ありがとうございました」

と言った。


啄木は明らかに貞子と距離を置くようになった。同じようなやりとりをして、啄木に会えずにしょぼくれて帰る貞子がいた。

そんなことが何度かあったものだから、啄木も貞子のことを疎ましく思い、日記にも「はやく消えてくれ」だの「あの女は男を縛る性癖がある。将来結婚する男を不憫に思う」だの散々なことを書いていた。

そしてさらなる事件に発展する。

ある日、貞子は啄木が留守の時を見計らい、女中が他の部屋に配膳する隙にそっと階

段を上がり、啄木の部屋に忍び込んだ。

『先生はどんな小説をお書きになっているのかしら』

啄木のすべてが知りたい。貞子は叫びにも近い衝動に駆られていた。机の中から『天鵞絨《ビロード》』と書かれた原稿用紙を見つけた。読み進めると郷里の渋民村の夜這いの話で、表題の由来は、現れた娘の頬がビロードのように赤かったことから来ていた。啄木の心根を知らされた気がして快感に浸っていると、一冊のノートを見つけた。日記だった。益々興味をそそられ読み進めるうち、あるページに目が釘付けになった。

『私の悪口を言っている』

悔しさで涙があふれ、声を潜めながらひとしきりひいひい泣いた。

そして、ついに貞子はあることを思いつき、啄木のペンと原稿用紙の裏を使って書き始めた。

『もし新作の小説と日記帳が欲しければ、私のところに取りにおいでなさい　貞子』

外出からもどった啄木は愕然《がくぜん》とした。貞子の残した書き物を持って金田一のもとに駆け込み、

「困ったことになりました」

と啄木。あのとき早く追っ払っておけばよかった、としきりに反省していた啄木に、

金田一が言った。

「それはそうと、どうやって取り返すか考えなければなりませんね」

金田一が続ける。

「これは明らかに犯罪です。出るところに出てきっちりと肩を付けるのも一案だと僕は思います」

啄木のことを思いやり、いつになく語気を荒める金田一。

「金田一さんのおっしゃるとおりですね」

二人は夜遅くまで作戦会議を行い、翌日一通の手紙を貞子宛に出した。

その間、貞子の気持は収まらず、さらに啄木に対し、

『どうしました？　怖気づきましたか？』

だの散々な言葉を並べた手紙を送り付けた。そしてさらに貞子の悪口が書かれた日記の箇所を引きちぎり、粉々にした。幾分気がまぎれた。

その手紙と入れ違いに、貞子のもとに啄木の手紙が届いた。貞子は乱暴に封を開け、食い入るように読み進めていった。

ところが、その顔がみるみるうちにくしゃくしゃになり、もうそれ以上読み進めることができなくなった。最近の姉の様子を心配そうに見つめていた妹のケイが、

「お姉さま、どうなさったの」

と言うと、貞子は片方の手で顔を覆いながら、もう片方の手で手紙を差し出した。こんなことが書かれてあった。

『（前略）君の一途さはこの世の純白を集めたるが如し。その一途さを我は切なしと思へり。何故なるか、他なし、我は妻子ある身なればなり。我が部屋にて浅黄色の着物を着たる君は眩しく、忘れ難く候。世の淑女にとり着物は命の次に大切なものと信ず。蓋《けだ》し、小説や日記もまた我にとり着物のようなものなり。元より君の優しき心を我は疑ふべくもなし。なればこそ返却給うことを…（後略）』

貞子は啄木の小説と日記を風呂敷に包み、家を飛び出した。ほどなくして雨が降り出した。

赤心館の前をカッカッと下駄《げた》の音を鳴らして玄関の戸が開いた。

雨に髪を濡らし貞子が風呂敷包みを抱え立っていた。それを見つけた女中はだたならぬ雰囲気を感じ、慌てて啄木を呼んだ。

「ごめんなさい。私…」

ぼろぼろと涙を流した貞子の顔は、もう雨の雫か涙かわからなくなっていた。

深々と頭を下げ、風呂敷包みをそっと置いたかと思ったら、外に飛び出していった。

雨の中、駆け出して行った貞子の後ろ姿を啄木は見えなくなるまで見送った。
深い緑色の雨だった。

●参考文献
『石川啄木全集第五巻』（一九九三年五月二十日筑摩書房発行）
『金田一京助全集第十三巻』（一九九三年七月一日三省堂）

《啄木（右）と金田一（左）
九段坂佐藤写真館にて》
（『啄木写真帖』画文堂より）

《啄木が金田一京助と
共に下宿した本郷の赤心館》
（『啄木写真帖』画文堂より）

小説　啄木悲話

古今東西、悲しい物語が何故か滑稽なパロディーに化けてしまうことが往々にしてある。もちろんそれは当の本人にとって深刻な出来事なのだが、他人から見ればその人間臭さに共感と親しみを感じつつも、くすっと笑ってしまうのだ。この悲しい物語の主人公は啄木である。そう、この啄木をしても滑稽な悲しみの渦に呑み込まれてしまうことだってあるのだ。

舞台は、明治四十一年秋——東京の本郷にある東京帝大、今の東大の裏手の下宿屋界隈。この秋、金田一京助と啄木は「蓋平館」という下宿屋に引っ越したばかりであった。啄木の部屋は最上階三階の見晴らしの良い部屋であった。縁台のような長机と寝具、風呂敷に包んで重ねた書籍。これが啄木の家財道具一式であり、三畳半の狭い部屋を広く感じさせていた。眼下には夕陽に照らされた砲兵工廠の煙突群がタバコでも吹かしているように煙を吐いているのが見えた。

ちなみに砲兵工廠《ほうへいこうしょう》とは日本陸軍の兵器工場であり、現在は後楽園と東京ドームになっている。蓋平館から見える風景として啄木が砲兵工廠の煙突群をスケッチしたものが今も残っている。

そんなある日、啄木は春の日差しを浴びながら長机に向かい、すらすらと手紙をしたためていた。

『（前略）これ以上は書くまじく候。君！　君と相見ん日若しあらば、そは小生にとりて幸とも不幸とも判じかね候へど、おん身にとりては此上なき不幸なるべく候。芳子の君、何卒時々御文賜りたく、歌よませ給ひし時は是非お見せ下され度候。まだ見し事なき君、若し御身のお写真一枚お恵み下され候はば如何許りうれしき事に候ふべき！』

芳子とは、菅原芳子。彼女は豊後国、今の大分県臼杵市の米穀商の一人娘であり、文学に強い関心を持っていた。そんな彼女は、与謝野鉄幹が主宰する『明星』の愛読者で構成される「みひかり会」という地元の短歌グループに所属し、そこで歌を発表していた。そしてひょんなことから啄木の弟子となり、歌を添削してもらっていた。

啄木は手紙の向こうの相手を一目見たいという耐え難い思いに支配され、歌の指南に乗じて、なんと相手の顔写真をおねだりしていたのだ。

そんな啄木であるが、同時に菅原芳子に対し次のような丁寧な歌の指導をしており、新しい時代を切り開く女性にエールも送っている。

『何れもそれぞれに面白く姿よく詠み出でられ候へど、平明ありて曲折なく、清高ありて深沈なし。嘱目《しょくもく》悉《ことごと》く詩化する縦横の才には敬服の外これなく候へど、心血をしぼりて告白したる深き生命の声に乏し。これ何故なるか、他なし、御身の歌には既に一種の型あり。すべてがその型にはまりて了ふ故なるべくと存候。型にはまりてその才を自ら束縛するといふ事は、何人にもある弊に候ふが、今後は全力あげてその型を打破する様にお努め被遊べく候』

話を戻そう。手紙を書き終えたところで、金田一が啄木の部屋の戸を叩いた。

「石川君。どうですか？　新しい部屋の眺めは」

「どうぞどうぞ。いやあ、とても気に入りました。よかったです、こちらに引っ越してきて。先日までいた『赤心館』とは雲泥の差ですね。赤心とは赤裸々な真心のはずですが、大家ときたら金のことばかりで腹黒くって――」

と啄木。

「ははあ。相変わらず石川君の冗談は振るってますね。よかったら引っ越し祝いに浅草見物に行きませんか？」

「それはいい！　今ちょうど書きかけの手紙があるのでちょっと下で待っていていただけますか？　あと少しで終わります」

金田一が蓋平館の玄関先で待っていると、ほどなくして啄木が降りてきた。

「お待たせしました。では行きましょう」

途中、啄木が郵便ポストに手紙を入れた。金田一が言った。

「歌の添削ですか、熱心ですね」

「ええ、ああ、慈善事業のようなものです」

啄木はさらりと言いながら、あくまで自然を装っていた。

道すがら金田一が言った。

「東京の秋も…、そう、こうして風が吹けば盛岡と同じくらい寒いと感じるものですね」

大通りに出て帝大の赤門を過ぎると、ほどなくして本郷三丁目の交差点が見えてきた。そこを左に曲がったところに路面電車の乗り場があった。二人は先に到着していた初老の紳士のうしろに並び電車を待った。しばらくすると師範学校への道路から路面電車がガタガタと音を立てて現れて停車場に止まった。二人は紳士の後に続き乗車した。少しばかりクッションの効いた長椅子に腰掛けて啄木が金田一に話しかけた。

「最近、日が落ちるのがめっきり早くなりましたね」

夕日の僅かな光が車窓に差し込んでいた。

「そうですね。凌雲閣《りょううんかく》に登る頃は黄昏時を過ぎたあたりでしょうから、かえって趣きがあっていいかもしれませんね」

と金田一が答えた。

「凌雲閣」とは当時浅草にあった展望台で、今で言えば東京タワーやスカイツリーに匹敵した。大正十二年の関東大震災で半壊し、のちに解体された。

本郷三丁目をほどなく過ぎて、路面電車は右にカーブしながら切通坂に差し掛かった。啄木が言った。

「不忍の池の向こうには上野ステーション。そこにあるレールがふるさとにつながっている。そう思うとノスタルジーを感ぜずにはいられません」

「ほんとにね。石川君はご家族とも離れているから、もっと複雑な気持ちでしょう」

当時、啄木の家族は函館の友人宅で世話になっており、啄木自身は単身上京していた。

不忍の池を左に見ながらしばらく行くと二人は、隅田川の手前の吾妻橋で下車し、仲見世を歩く。共栄館勧工場《きょうえいかんかんこうば》―これはデパートの前身であるが、そのてっぺんには時計台がある。時刻は六時を過ぎていた。仲見世通りは昼と夜の客の入れ替わり時を迎え、浅草六区からの交差点は特に人でごった返していた。

息苦しい程人いきれのする中、少し当惑気味に啄木が言った。

「これだけ人がいるとさすがに疲れますね」

金田一も、

「さすが東京浅草、盛岡では考えられない」

そのとき、ドンと誰かが啄木にぶつかった。振り向きざまにニヤつきながら男が言った。

「あっ面目ねえ。女のうなじに見惚れとりました」

さすがの啄木も驚きを隠せない顔をしつつも、

「いえいえ、どうぞ気にしないでください」

とかろうじて言った。

気を取り直し、夜の賑わいを楽しみながら歩いた。そして二人は浅草寺の左奥にそびえ立つ凌雲閣を仰ぎ見た。入場料は大人八銭。入口で料金を払おうとしたのだが、啄木が懐を探し始めた。

「あれ、財布がない」

「石川君、だってさっき路面電車で財布からお金を出していたじゃないか…」

と金田一が言いかけたとき、二人は顔を見合わせて、言葉が重なった。

「さっきの男だ！」

啄木はスリの被害に遭ったのだ。

「やられた。でも、ぶつかった瞬間にどうやって財布を抜き取ったのだろうか？」

啄木が自分の懐に手を差し込みながら感触を確かめていると、

「石川君、感心している場合じゃないですよ。それで、いくらくらいやられたんですか？」

「ええっと、五十銭だったかな？　中身が少なくて、スリも舌打ちしているかもしれませんね」

「あはは、そうか、石川君は懐が広いからスリに遭ってしまったのかもしれませんね」

そう言って、金田一は入口で大人二人分の入場料を支払った。

『優しい人だ』

と、啄木は心から金田一に感謝していた。

凌雲閣の十階まではレンガ造りで十階から十二階までは木造だった。エレベーターはあったのだが、しばらく前から危険ということで使用禁止になっていた。二人は螺旋階段を使って前の客の背中を見ながらひたすら頂上を目指した。そしててっぺんにたどり着いた。

金田一が言ったようにポツポツと其処ここに明かりが灯り、これぞ東京の夜景というばかりに趣深い光景が広がっていた。

啄木が言った。

「吉原の明かりもいいと思いますが、僕はやはり塔下苑が好きです。なんというか控えめで分をわきまえているような気がして――」

「塔下苑」とは、吉原には遠く及ばないものの、近年、浅草でにぎわいをみせる遊郭街で、凌雲閣の真下にあるという意味から啄木が勝手に名づけた街の名だった。

「石川君。塔下苑に行きたい、って顔に書いてありますよ」

「えっいえまあ。スリに遭った記念とでも言いましょうか…」

「あはは。今日は引っ越し祝いを兼ねて景気づけに行きましょう」

「金田一さんがそんな風におっしゃるのも珍しい気がします」

「まずは腹が減っては戦はできぬと…」

二人は履いていた南部桐下駄で音を鳴らしながら、凌雲閣の螺旋階段をグルグルと降りて行った。そのとき啄木は家族のことも頭にちらりとよぎったが、それと同時に階段を駆け下りるめまいの中で青春の只中に身を任せていた。

下界に降りたところで、二人はハイカラな今流行りの店を探した。

「金田一さん、あそこの『米久《よねきゅう》』に行きませんか？　久しぶりに牛鍋もいいですよね」

文明開化とともに日本人は牛肉と遭遇するのであるが、その先駆けとなる店が『米久』であり、当時浅草でも有名であった。

「いいですね。行きましょう」

左奥の部屋に通された二人は、席につき、鉄なべを挟んでビールで乾杯をした。

金田一が言った。

「赤心館の大家には私自身世話になったが、石川君に対する態度がひどくて、許せなかった」

「いえ、僕が悪いんです。下宿代を払えずにいたのですから」

「しかし、先日、大家の目を盗んで本を売ろうとしたときが面白かったですね。私が二階から風呂敷に包んだ書籍を落として石川君がうまく受け取ってくれたんだけど、尻《しり》餅《もち》をついていたものね。あのときのことを思い出すとおかしい」

「僕も正直どうなるのかと思っていましたが、なんとか首尾よくいきましたね。それにしても金田一さんはもう既に次の下宿の蓋平館を見つけていらしたのですね。参りました」

「いやいや、あんなケチな下宿屋はさっさと引き払うべきでしたよ」

「金田一さんには毎回ご迷惑をおかけします。でもそのおかげで蓋平館の三階は見晴らしもいいし、僕はたいそう気に入っています」

「そうか。それはよかった。僕はそうして石川君が喜んでくれるのが、正直うれしい」

二人は牛鍋の赤肉に舌鼓を打ちながらビールを汲みかわした。ほろ酔い加減になった二人であったが、啄木から話を切り出した。

「金田一さん、そろそろ『塔下苑』を覗いてみましょうか？」

「よおしっ」

金田一は勢いをつけるがごとく一気にビールをあおって、机の上にコップを置いた。勘定を済まし、二人は『米久』をあとにした。しばらく歩くと、塔下苑のぼんやりとした明かりが二人を迎えた。啄木が言った。

「あそこにばあさんがいるでしょ？　先日、そのばあさんに連れて行かれて一人の遊女に会ったんですが、どうも気になって今日も行ってみたくなりました」

「そうですか？　僕はこんなところに来る勇気がなくてね、恥ずかしい話、ちょっと緊張しています」

「そうですか？　そんな風には見えませんけど」

そう言って啄木は老婆に話しかけた。

「ばあさん、今日も来たよ。今日は友達と一緒だから、先日のあの娘さんともう一人頼むよ」

「ああ、初音《はつね》だね。ちょっと待っとくれ」

と老婆が言い、彼女の案内で仄暗いあかりの中、二人はそれぞれ別の座敷に通された。

「それでは金田一さん、のちほど」

そのときの金田一が少し不安そうだったのが、啄木にはおかしかった。啄木が遊女の部屋に入るなり、初音という名の遊女が啄木に言った。

「あら、この前のおにいさん？　やだぁ、あたしの顔を見るなり最初から思い出し笑いなんかしちゃってさ」

「いやいやそうじゃない。僕は何故かそのぉ君に興味があるんだ」

「そういうのを物好きっていうんだよ」

そう言いながら帯を解き始めた。

「そうそう、そういうぶっきらぼうなところがいいね」

「おにいさん。おもしろいね」

初音は目を伏せながらくすっと笑った。

啄木が遊女の背中を抱きながら、独り言のように言った。

「初音と言ったね。君、こんな仕事辞めておしまいよ」

「えっ」

「君には似合わないと思う」

街のぼんやりとした灯がわずかに遊女の顔の陰影を映しだしていた。初音は身を返して覗き込むように言った。

「じゃあ、おにいさん、私をもらってくれるのかい？」

「それはできないよ」

と啄木。

「何よ、それだったらそんな偉そうな説教なんて、言いっこなしだよ。……でもあたしね、おにいさんのこと、好きだよ」

遊女の言葉に微笑みながら啄木は思った。

『ひどく寂しい。今の自分は中途半端に彷徨《さまよ》っているだけだ。遊女と二人、今は主客の立場だが所詮同じだ。世間に見捨てられて行き場を失い、かろうじて雨露をしのいでいるに過ぎない』

「ねえ、おにいさん。何考えてんのさ？　おにいさんはあたしのこと好き？　ねえってばぁ」

「嫌いじゃないよ」

「やだっ。そんな冷たい言い方。ねえ、あたしだって寂しいんだよ。こんな仕事してるけどさぁ」

「僕も寂しい。だからこうしてしばしの温もりに身を投じていたいんだ」

そのとき、さっきの老女が外で咳払いをした。それは終わりの合図だった。

初音が正座をして啄木を闇の中で見つめて言った。

「ねえ、おにいさん。今度いつ来てくれるの。待ってるよ。絶対だよ。忘れないでね」

「ああ、来るよ。絶対。今日もありがとう」

そう言って啄木は座敷を後にした。既に金田一が先の通りで腕を組んで待っていた。

「金田一さん、早いですね。」

「やはり僕はそのぉ、なんというか奥手でね。また遊女にそこを見透かされたようだ」

「えっどうしたんですか?」

「その遊女ときたらいきなり身の上話を初めてさ。出身が秋田だっていうもんだから
…」

と金田一。

「それはまた奇遇ですね」

と言いながら、啄木には既に結論が見えていた。金田一が続けた。

「なんでも、その遊女は五人兄弟の真ん中で、仕送りもしているらしい。兄弟思いで偉いねって」

「それはそれは—」

啄木は笑いを必死でこらえた。

「それで僕は…。多めに小遣いを渡してしまったんだ」

「ははは。金田一さん、すいません。でもそれって金田一さんらしい。どこまでも優しんだから、金田一さんは—」

金田一は少しため息をついて言った。

「引っ越し祝いはお開きにして、今日のところは帰るとしますか？」

「はい」

と笑顔で啄木。

二人は来たときと逆順で路面電車に乗り、帰路に就いた。そしてそれぞれの部屋に帰った。啄木は長机を前に日記帳を開き今日一日を反芻《はんすう》していた。

『今日は遊女の夢を見ながら眠りにつきたい。現実をすべて忘れたい』

啄木にとって女を買うという行為は、現実逃避だったのかもしれない。その一方、家族と遠く離れてどこを彷徨《さまよ》っているのか？　いっそのこと自分などは地獄に落ちてしまえ！　と叫びたい気持ちになった。

その時ふっと歌が浮かんだ―

かなしきは
すがる遊女の白き肌よ
仄暗《ほのくら》き部屋に求めしぬくもり…
深いため息とともに、啄木はこの日、結局一行も書かずに日記帳を閉じた。
『今日のところは寝るとするか』

明かりを消して眠りについた。

五日後、菅原芳子の元に啄木からの手紙が届いた。

芳子は思った。

『石川先生からお手紙が…。私の写真など…。なぜにお求めになるのかしら―』

芳子はためらっていた。自分の容姿に自信がなかったのだ。それでも芳子はこう考え直した。

『でも石川先生は容姿などに惑わされはしないはず。歌の指南をしたい、純粋な心がそうさせるのね。私にはわかる』

そう思って芳子は、自分の中で一番よいと思われる女学校時代の写真を同封し、清水の舞台から飛び降りる気持ちでポストに入れた。

さらに五日後、啄木が郵便受けから手紙を取り出し、芳子の名を見つけた。ちょうどそのとき、

「よう」

という声が聴こえ、振り向くと歌人の間島琴山だった。啄木は慌てて手紙を懐にしまい、間島を部屋に通した。

「石川君、ここの下宿の見晴らしは最高ですね。いろんな発想が、あの煙突の煙のように湧いてくるでしょう?」

蓋平館の三階から顔を突出し、外を眺めながら間島が言った。

「いやぁそれがなかなか…」

と啄木。啄木は上の空であった…。手紙のことがどうしても気になるだが、間島の前では開けることができない。

「石川君、今日は白山神社で神楽をやるそうですが行きませんか?」

「それはいい。是非行きましょう」

「じゃあ、出発前にちょっと厠《かわや》を借ります」

と間島。

「二階の奥です」

間島が階段を下りて行くのを見届けて、その隙に啄木は慌てて手紙を開封した。果たして菅原芳子その人の写真が…。啄木は絶句した。

『これが、あの、菅原芳子…。目の吊り上がった口の大き目な、美しくはない人だ。もちろん僕が勝手に想像していたのだが、キツネ目の女性はあまり好きではない。ああ、興ざめだ。僕のときめきを返してもらいたい気持ちだ。』

などと啄木は、わざわざ写真を送らせておいて、いざ送ってもらったら今度はその写真を見て勝手に落ち込むのだった。

そのとき、階段を上がる音がして間島が帰ってきた。

「石川君。じゃあ、行きましょうか？」

「間島君、申し訳ないんだが、その…行く気が失せた」

「えっ、だって、さっき君は是非行きたいっていったじゃないか？」

「そうだったかなあ…」

「そうじゃないか？　まぁ、君もいろいろ苦労しているんだね。どうだい。こういう時だからこそ、憂さ晴らしのつもりで神楽を見物に行くもの悪くないよ」

啄木も、知ってか知らずか間島の気前の良い言いぶりに感じ入った。そして腹を決め、半ばやけくそになった気持ちで明るい顔で言った。

「そうですね、じゃあ行きましょう！」

二人は春日通りの坂を下りて右に曲がり、白山通りに出た。啄木はあの写真を引きずっていた。

「間島君。期待していたことに裏切られたとき、どう思いますか？」

「えっ、僕はそんなこと急に言われても、返答に困ります」

「それはそうかもしれない。じゃあ例えばご自分で作った歌が一躍有名になるんじゃないかって思ったことはないですか？　しかし、それが勝手な自分の思い込みに過ぎなかったことは？」

「もちろん、そう思うことはあります。ただ所詮世間が決めること。過度に期待すると裏目にでたときには落ち込みますから、最初から期待しないことにしています」

間島は淡々と答えた。

「そうですか？　たしかに最初から期待していなければ落ち込むこともない……。」

間島の言葉は妙に説得力があった。そうだ、そう考えよう。ほどなくして白山神社に辿りついた。たいそうなにぎわいだった。そして黄昏時、夜店のぼんやりとした明かりが軒を連ね、下界と黄泉の国との接点を彷彿させた。

「いやぁ、界隈で有名な白山神社だけありますね。こんなに人が集まっているとは思わなかった」

間島が言った。

「ほんとにそうですね。あっ、これからちょうど神楽が始まりますね」

と啄木。

松明《たいまつ》が揺らめき、妖しい笛の音とともに神楽の舞いが始まった。演目は『葛《くず》の葉《は》子別れ』だった。この演目は全国的に有名なものの一つで、啄木も岩手県南で一度観たことがあった。

あらすじはこうだ。

『ある若者に助けられたキツネが葛の葉という若い女性に化け、若者の妻となる。一人の子をもうけたものの、ある日、夫が植えた菊の香りにうっとりしてキツネのしっぽを出してしまう。正体を知られた葛の葉は子を残して信太の森に帰ってゆく』

舞手が扇子を広げ、神楽面を上向きにした。若者との出逢いの場面だ。すると松明の明かりとともに微笑んでいるようだった。そして、正体を知られてしまった葛の葉は、うつむいた。すると神楽面が夜叉のように暗く悲しい顔に映った。そのとき、啄木は思った。なるほど人の一生とは、神楽面のような陰影によって、悲喜哀楽を織りなしながら過ぎてゆくものなのかもしれない。

しかし、しかしだ。演目がキツネだったので、自然、菅原芳子の顔が思い出された。

『やはり、彼女はキツネ目の女だ』

そう考えると、啄木は何故かどうにもおかしくなってきてしまった。

「いやぁ、なんとも興味深い。やはりキツネだ。愉快愉快」

隣にいた間島は啄木のにやけている顔を見て怪訝な表情を浮かべた。

「石川君。何かおもしろいことでもありましたか?」

神楽の舞が終わり、しばらくお囃子を見てやがて二人は帰ることにした。

白山通りの夜店に見送られ、現世に戻った二人は、砲兵工廠の交差点で立ち止まった。

「石川君。今日は楽しかった。ごきげんよう。また逢おう」

「はい。是非」

と啄木。

「では僕はこれで―」

と間島が答えた。


啄木が部屋に帰ったら、金田一が待ち構えていて、そして言った。

「お帰りなさい。今日は君に見せたいものがあって」

「なんでしょう?」

「あれ? ちょっと疲れた顔をしているけど、何かあったのですか?」

「何もないですよ。ご心配なさらずに。ところで見せたいものってなんですか?」

金田一は原稿用紙の束を見せながら、言った。

「実はこれ。中学生が書いた小説なんですよ」

「へえ、それはまた興味深いですね。果たして中学生がどんな小説を…」

「石川君も読んでみてください。中学生とは思えない出来にびっくりしますよ」

金田一から原稿用紙を受け取り読み進めると、その内容は、文通をしていた男女が上野ステーションではじめて会い、お互いの印象があまりにかけ離れていたことから始まる物語だった。その男女がお互いを取り繕うことから生まれる滑稽さが不思議なアイロニーを醸し出し、悲喜こもごもの出来事に翻弄《ほんろう》される展開だった。自らの勝手な想像に一日振り回されていた啄木は、眉をぴくりとも動かさず読み進めていた。

金田一が言った。

「石川君。どうです？　よくできているでしょう。今流行りの文通をテーマにしたとこなんか、中学生離れしていると思いませんか？」

啄木はまるで自分のことを書かれているようで冷や汗がでる思いであった。がしかし、中学生がこまっしゃくれて背伸びをしているさまがおかしくなり、金田一と顔を見合わせるや、二人で大笑いをするのであった。

その夜、いつものように啄木は日記帳を開き、一日を反芻していた。楽しい一日であった。ひどく疲れる一日でもあった。そして啄木はキツネ目の菅原芳子の写真を手に取り、深いため息をついていた。

葛の葉に
化けて神楽を舞う君と
醒めぬ戀《こい》こそしてみたき秋

啄木のつぶやきの歌であった…。菅原芳子が写真を送ってこなければ恋心は続いたかもしれない。啄木は神楽の舞の「葛の葉子別れ」に、今日の出来事を重ねていた。それだけ自らのときめきが失せてしまったことを口惜しい気持ちでいた。端から見るとなんとも身勝手な啄木であった

そのときふと、長机にあった添削依頼の手紙が啄木の目に止まった。依頼人は平山良子という菅原芳子から紹介された女性であった。改めて手に取って、彼女が詠んだ歌をみて目を奪われていた。

惜別の涙の頬に花びらが微笑む君の手から我が手に

正直に言えば、歌としては文学少女のサロンか何かを思わせる甘美で、かつ面白みのない歌であった。しかし啄木の関心はそこではなかった…。

『平山良子はこの春に男と別れたのではないか？』

傷心の中、その切なさを歌に託す乙女。花びらが落ちた手とは透き通るような白き手か…。もうそう思ったら、いてもたってもいられなくなった。返信の手紙をしたため始めた。

『小生は都門百文の黄塵《こうじん》に埋もれて日夕多忙に処し乍《なが》ら、心はさびしく暮らし居る男に有之候《これありそうろう》。寸暇の時には何卒《なにとぞ》おたより下され度候。写真お恵み下さる由、鶴首《かくしゅ》して待上《まちあげ》候《そうろう》。』


いつか来た道であった…。

翌日、手紙を書き終えて早速郵便ポストに投函した。

「よし」

この日から再び、啄木のときめきのボルテージが上がった。

数日後、平山良子の元に啄木からの手紙が届いた。

『これは…。まずいことになったぞ』

平山良子がつぶやいた。男だった…。平山良子はなんと男だったのだ。

遡ること四か月前、菅原芳子が平山良子、正しくは平山良太郎に啄木のことを話した。平山もまた地元の臼杵市で歌を趣味としており、「みひかり会」に所属していた。

芳子が言った。

「良君、あたしね、石川先生に添削していただいているのよ」

「へえ、そりゃすごいね。僕も自作の歌、送っていいかな？」

「だめよ、石川先生は忙しい方よ。女性じゃないあなたになんか…」

そう言いかけた芳子の頭に何かが閃いた。

「そうよ、そうそう。あなたは平山良子よ」

「えっ？　良太郎だけど…」

「いいのよ、あなたが女性になりすましたらいいのよ。そしたら振り向いてくれて、私の歌の添削の他に時間ができたらあなたの歌も見てくれるしかもしれないわね」

「なんだか、面白くないな。結局芳子さんが優先されるってことか。それに人をだますのはよくないよ」

「平気ですって、私にまかせて」

平山は勝気な菅原芳子に密かに想いを寄せていた。その一方で啄木からのラブレターを見せびらかす芳子が恨めしかった。

良太郎は考えた。

『妻子ある男が浮気心を起こして他の女にちょっかいを出すとは許せない、身分を偽って相手をだまして遊ぶくらいではバチは当たらないだろう』

そして良太郎は、啄木に次のような手紙を書いた。

『拝啓、石川先生。突然お便りをして申し訳ありません。私は菅原芳子の友人の平山良子と申します。芳子さんから紹介され、石川先生にお便りをしました。私も歌をやっております。どうかよろしければ私の歌も添削していただけないでせうか？』

そこから菅原芳子と同様、平山良太郎は女の平山良子になりすまして、啄木に歌を送り続けた。


話を元にもどす。

『これはまずいことになった』

良太郎は友人の矢野真一と菅原芳子にこのことを相談した。資産家の離れを借りて生活している良太郎の下に、矢野真一と菅原芳子が集まった。

「やあ、まずいことになった」

頭を抱える良太郎に矢野は言った。

「良子、そんなに泣くな」

「お前、俺をからかうのか？　こっちは真剣に悩んでるんだぞ」

良太郎は平手で矢野の頭を鎌でも刈るようなしぐさをした。

「それにしても石川先生って、女好きだったのね」

菅原芳子は呆れ顔で言った。

「芳子ちゃん、石川先生に振られちゃったんだよなあ」

最近、芳子への啄木の手紙がよそよそしくなっていたことを知っていた矢野が、おちょくって言った。

「何よ、歌ごころも知らない、野蛮人のあんたなんかにそんなこと言われたくないわ」

「言うねえ。ハイカラなお転婆お嬢さんは元気がいいこと」

「ちょっと、話題をそらさないでくれよ。どうしたらいいか？」

良太郎はいっそう悲しい声で言った。

『この人、平山良子として女に生まれてきた方がよかったかもしれない』

と、女性のような歌を作る良太郎に妙に納得する芳子だった。

「じゃあよ、この写真、石川先生に送って差し上げたらどうよ」

矢野が懐から投げ出した写真に、芳子と良太郎は思わず声を上げた。

「これはなかなかのべっぴん…」

と良太郎は言いかけて、芳子に気兼ねし、言葉をぐっと飲み込んだ。

「いっいいんじゃない。面食いの石川先生好みだと思うわ」

と、開き直りにも似た皮肉を込めて芳子が言った。

「で、このお嬢さんは一体誰なんだい？」

と、良太郎が矢野に尋ねた。

「祇園の芸者・芝池えみ。地元じゃあちょっとした人気者の芸者だぜ。俺が京都にいた頃、お得意さんと祇園の店に何回か出入りしているうちに一枚いただいたのよ。良太郎、お前の窮地を救うため、この写真やるよ。高いぜ」

「ちょっと待てよ。石川先生をますます勘違いさせていいのか、余計にややっこしい話にならないか？」

「何言ってんだよ、この場に及んで。男はよぉ、ロマンが必要なんだよ、わかるか？良子」

「良太郎だって！」

お構いなしに良太郎の肩を組んで矢野が続けた。

「この写真のおかげでさぁ、先生の内面で恋心が…」

ポカっと良太郎の頭をたたく。

「痛て！」

「…メラメラと燃え盛り、しまいには大作でも出来上がっちまったらどうする？　俺たちゃ、先生の恩人になるんだぜ」

「勝手なこと言ってるわ」

と芳子は呆れて言った。

「男のロマンか…。確かにそうかもしれない。よしっ、この写真いただくぜ」

と、写真を矢野から奪い取った良太郎が幾分明るくなった声で言った。

その日のうちに、写真入りの封筒が投函された。

五日後、啄木の許に平山良子から手紙が届いた。啄木は小躍りしたい気持ちで封筒を押し頂き部屋に駆け込んだ。そして長机に正対して、封筒に一礼。それから開封し、写真を見た。次の瞬間、再びサッと写真を中に仕舞い、天井を見つめた。

「驚いた。仲々の美人だ!」

思わず啄木は声を上げた。今であればガッツポーズをしたはずだ。啄木はその日、飽きることなく写真に見惚れていた。

後日、啄木は平山良子に手紙で返信している。

『君。わが机の上にほゝゑみ給ふ美しき君。君の目は我を唆《そその》かす如し、君の口は、何事か我の待設《まちもう》くる事を言はむとしたまふ如し。時ありて酔へるが如き好春の心は我が心を襲ひつ』

封筒を懐にしまって、早速金田一の部屋を訪ねた。

「金田一さん、今から浅草に遊びに行きませんか?」

ちょうどそのとき金田一は机に向かって読書をしていた。

「石川君、どうしたんだい。妙に明るいね。何かいい事でもあったのかい?」

「いや、特に。でも楽しいなぁ」

「石川君、面白いなぁ。よし、今から行きますかぁ」

ここから先は二人のいつもの浅草フルコースだった。

塔下苑では、遊女初音が啄木の腕枕でつぶやいた。

「今日のおにいさん、楽しそう。だれか好きな人でもできたのかい?」

笑ってごまかす啄木であった。

その日も、ふらふらしながら二人は蓋平館に帰った。

啄木は寝る前、今一度封筒の写真を見た。

『いやぁ参ったなぁ、俺はのぼせてしまったよ』

明治四十二年が明けた。この年、文芸雑誌『スバル』の創刊号が発行された。発行人は啄木であった。その時に素人の歌として平山良子の歌も掲載されたのだった。このような歌であった。

末遂げぬ戀《こい》とは知れど思ふかも一人娘と一人むすこと

啄木は平山良子に完全に心を奪われていた。

創刊号が発行された夜――啄木は神楽坂にある北原白秋宅で、白秋とともにビールを酌み交わしていた。東京物理学校のガス塔が青く揺らめいていた。白秋が言った。

「石川君。本当にお疲れさまでした。僕も実際に発行までこぎつけるとは思わなかった。白秋が言った。

読者は新しい時代の息吹を感じるはずだ」

「北原君。これも君の協力がなかったら成しえなかった。ありがとう」

しばし二人は文芸論を展開していた。そして白秋はふと漏らした。

「そういえば、大分の歌人で…」

「ああ、平山良子さんのことですね」

と啄木が答えた。

「そうそう、その平山良子さんの歌がちょっと気になるんだが」

「そうでしたか？　まあちょっと素人臭さもあるが、でも何というか乙女の心を射抜いて僕はいいなぁと思っている」

「うん。僕もその…乙女の心を射抜いていると思うんだが―」

「北原君。君は何か引っかかるものでもあるのか？」

選者としてのプライドが許せない啄木は、少し語気を荒めた。

「平山良子さんって、男じゃないのか？」

白秋は啄木を見つめて言った。

「えっ」

思いがけない言葉に啄木は絶句した。白秋は続けた。

「男って単純だから、恋に対し盲目だ。だから家督を継ぐとか継がないとか、身勝手なことを言って問題を起こす。それに対して女性は親のことを思い巡らし、結ばれない恋に悩んでしまう」

啄木はほおづえをつきながら、白秋の言葉に聞き入っていた。

「たしかに北原君の言うとおりだ。だから…」

啄木は手元にあった文芸雑誌『スバル』をパラパラとめくり平山良子の歌を指差して、

「そうそう『未遂げぬ戀《こい》とは知れど思ふかも一人娘と一人むすこと』だ。この歌は今の家督制度に縛られ、決して結ばれることのない一人娘と一人むすこと、と切ない乙女の悩みを吐露しているじゃないか」

「そうかなぁ。ちょっと待ってもらいたい。そうだろうか…。はたしてそうだろうか」

と白秋はそう言って、ガス燈の明かりを眺めていた。しばらく会話がとぎれ、やがて啄木はぽつりと言った
「平山良子さんて、仲々の美人だよ」

「ほう、石川君はその方にお会いしたことでもあるのか」

と白秋。

「実は写真しか拝見してはいないのだが、間違いない」

と、啄木は酔った勢いで懐から一枚の写真を取り出してテーブルに置いた。

「驚いた。君はこの写真をいつも持ち歩いているのかい？」

「いや、今日の『スバル』の出版に併せて紹介することもあろうかと持参していた次第」

と、啄木。

白秋は疑り深くも人懐っこい目で啄木を見ながら、写真を手に取りこう言った。

「うん、確かに美人だ。何というか、芯が強そうな方とお見受けした」

「だから、女性だって。もう勘弁してくれよ」

と、啄木が言う。

「わかった、わかった。石川君、君は当代きっての歌人だと思っている。これは遊びと思ってくれ。先の歌をもっと女性らしい歌にしようとしたら、君だったたどうする」

と、白秋はいたずら好きな少年のような顔をして啄木に言った。

これに対し、啄木も少し興味を示し、飲みかけのビールを一気に飲み干し、『スバル』を片手に思い巡らせたあと、こう言った。

「そうだな…『未遂げぬ戀《こい》とは知れど思ふかも一人娘と一人むすこと』ではなく、

かなしきは
一人娘と一人むすこ
末遂げぬ戀《こい》とは知れども――

というのはどうだ。ひとり娘として生まれた運命を必死に受け止めようとする。そのせつなさをヒロインがドラマティックに語るんだ」
すると白秋がうなづきながら啄木にビールを注いで言った。
「なるほど。たしかに元歌よりも切なさが表れている。僕が思うには、男っていうものは最後の最後は踏み切れないものだ。だから周りの反応を伺うように、はっきりしない態度を取ってしまう。これは男から見た女性の歌だ。間違いない。女性は男性よりも打算的に見えるかもしれないが、情熱的な恋に憧れるものだよ。女性の歌詠みであれば、その溢れんばかりの情感を歌に託すのではないか。元歌みたいに『思ふかも』なんて生易しいもんじゃない。もし本当に女性だったらこう詠むのではないかな。

末遂げぬ戀《こい》なればこそ戀《こい》焦がる一人娘と一人むすこは

とかね」

「なるほど…。君の意見はなかなかおもしろい」

啄木は急に不機嫌になった。白秋は取り成すように言った。

「石川君。すまぬ。ちょっと酔いが回ってしまい余計なことを言った。今日の佳き日に免じて許してくれ」

『佳き日と思うのなら余計なことを言うな――』

と、啄木は心の中でつぶやいた。

啄木は帰りがけ飯田橋を抜けて、砲兵工廠を左手に見ながらふらふらと蓋平館への坂道を上った。その夜、啄木は日記帳を開く気にはなれなかった。

翌日、啄木は菅原芳子に手紙をしたためた、このような内容であった。

『芳子さん！　しばらく返事をせず申し訳ありません。実は今日伺いたいことがあり、手紙をしたためた次第です。単刀直入に申し上げます。平山良子は実は男だという声があります。北原白秋が女心を書いた男の歌だと言っている。無論、芳子さんが紹介された平山良子さんを僕は疑ってはいない。素敵な女性だ。しかし北原はあれほどの男だ。根も葉もないことは言わないのではないかと思う。そこで芳子さんに伺いたい。平山良子さんはどんな女性でしょうか？（後略）』

啄木からの手紙を受け取った菅原芳子は、平山良太郎にも見せた。

「良君。私本当のこと、石川先生に言います。いいわね」

「芳子さん、是非そうしてください。僕の心も晴れますから。最近、先生のお手紙が心に重くのしかかっていたのです」

「私のちょっとした遊び心がみんなを傷つけてしまったようね。反省しているわ」

そうして菅原芳子は啄木に手紙を書いた。


『拝啓、石川先生。芳子です。日頃より歌の指南を頂戴致しまして誠にありがとうございます。さて、先生よりご指摘のあった平山良子ですが、北原先生ご指摘のとおり男でございます。本名は平山良太郎にございます。とにもかくにも女性と偽った件、大変ご迷惑をおかけしました。どうぞお許しくださいまし。先生のご関心を惹きつけたかったからに相違ございません。他意はございません。重ねてお詫び申し上げます。芳子より。かしこ』


手紙を読み終えた啄木はしばらく呆然として、茜色《あかねいろ》に染まる夕陽と煙たなびく砲兵工廠の煙突を見つめていた。

「平山良子が、平山良太郎……」

啄木は笑った。自嘲とは、どのような顔かを実践するような笑いだった。今ここに妻の節子がいていっそうのこと激しく叱責してくれた方がまだ、ましであったかもしれない。

その夜、啄木は日記帳を開き一行のみ書き留めた。

『平山良子は、平山良太郎であった―』

●参考文献
『石川啄木全集第五巻』（一九九三年五月二十日筑摩書房発行）
『石川啄木全集第六巻』（一九九三年五月二十日筑摩書房発行）

●《凌雲閣》
（明治時代の絵葉書より）

●《蓋平館》
※窓が開いている部屋が啄木の部屋
（『啄木写真帖』画文堂より）

●《啄木のスケッチ「九号室の眺」》
（『石川啄木全集第五巻』筑摩書房より）

●《菅原芳子》
（『啄木写真帖』画文堂より）

●《平山良太郎》
（川並秀雄著『啄木秘話』より）

●《芝池栄美》
（川並秀雄著『啄木秘話』より）

●明治四十一年八月十四日菅原芳子宛啄木書簡（著者所蔵）

●前頁三枚目の拡大

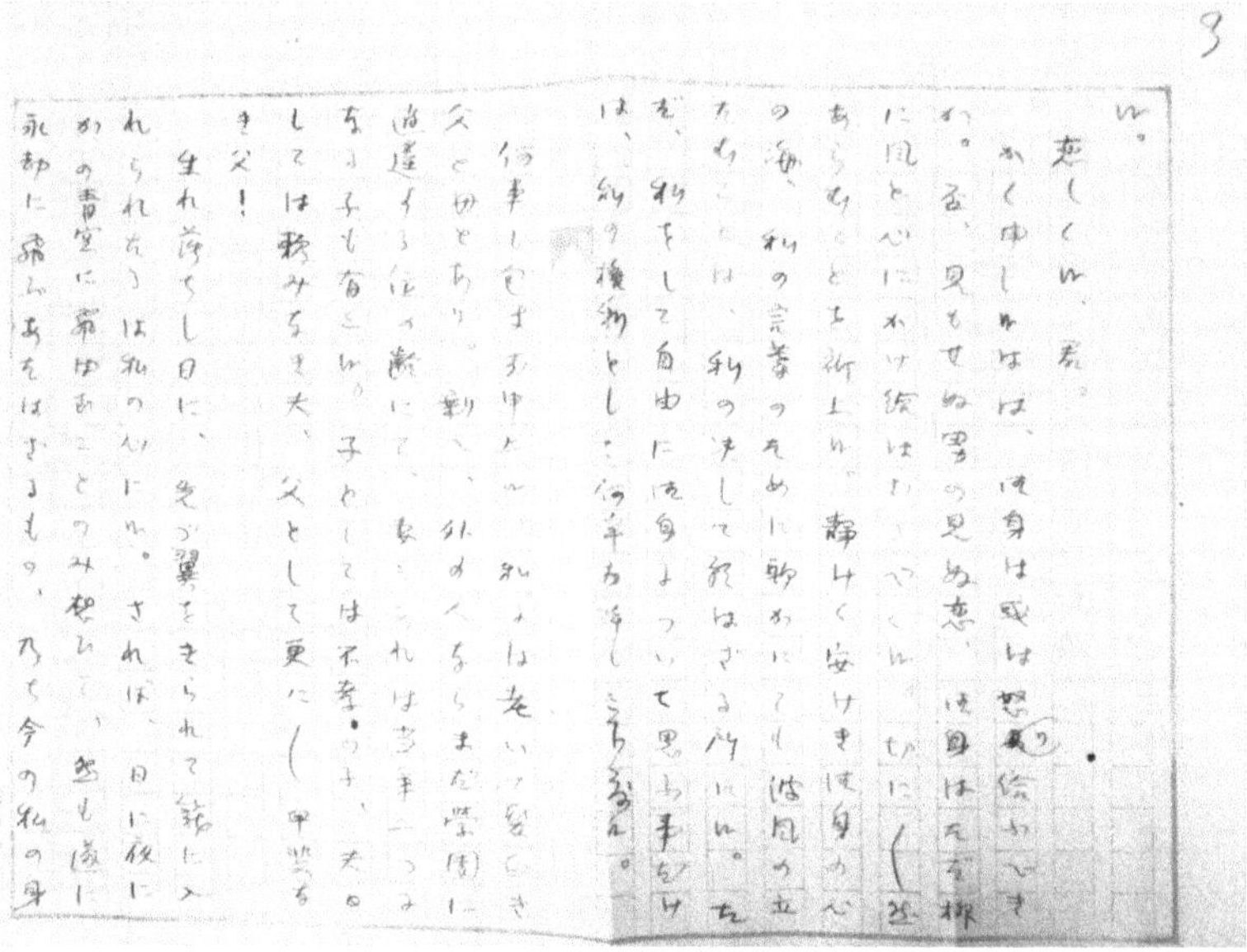

恋しく候、君。
かく申し候はば、御身は或は怒り給ふべきか。否、見もせぬ男の見ぬ恋、御身はただ柳に風と心にかけ給はざるべく候。切に切に然あらむことを祈上候。静けく安けき御身の心の海、私の言葉のために聊かにても波風の立たむことは、私の決して願はざる所に候。ただ、私をして自由に御身について思ふ事だけは、私の権利として何卒お許し被下度候。
何事も包まず申上候。私には老いて髪白き父と母とあり、剰へ、外の人ならまだ学園に逍遥する位の齢にて、妻もあれば当年二つになる子も有之候。子としては不幸の子、夫としては頼みなき夫、父としては更に更に甲斐なき父！

小説　幻のローマ字日記

あれは昭和も終わりの年だったので、三十年以上も前の話になる。

私が啄木研究家としては駆け出しだった頃、目をかけてくれたI先生がいた。

I先生は事あるごとに、

「まず一次資料を当たりなさい。そして啄木の歌や日記の先にある啄木の心に触れることが大切です」

と教えてくれた。そんなI先生がある日、

「ちょっと家に寄って行かないか？　見せたいものがある」

と言って私を誘った。

居間に通され、ほどなくして先生は二階の書斎から木箱を運び、テーブルの上に置いて、少し微笑みながら言った。

「これは誰にも見せたことがないんだよ。見せたところで誰も信じてくれないからね」

私の関心はその木箱一点に注がれていた。

その僅かな緊張感を破るように、コーヒーの香りとともにI先生の奥様が入ってこられた。そして、

「ここに置きますね」

と言いながら、静かにテーブルの隅にコーヒーを置いた。

「この人、啄木の話になると止まりませんからね。ごゆっくりね」

と、優しい笑顔とともに部屋を後にした。

コーヒーを一口いただき、カップをおもむろに置いて、

「開けてもよろしいでしょうか?」

私は興奮を抑えきれず、少し上ずった声に恥ずかしさを感じた。

「どうぞ、そのためにあなたに来ていただいたのですから」

とI先生。果たしてそれは啄木の『ローマ字日記』だった。それも原本ではなく、かなと漢字に整えられた「ありふれた」と言っては語弊があるかもしれないが、少し拍子抜けした思いは隠せなかった。

「ははは」

I先生は楽し気に笑った。私の心が見透かされたようだった。

「ローマ字日記の原本は函館図書館にあって門外不出ですが、あなたはそれを期待していたのでしょう。でもこのローマ字日記は、原本よりもあなたを釘付けにするはずです」

私はI先生の目を見る間も惜しんで、その『ローマ字日記』に目を落とした。

『四月七日　水曜日　本郷区森川町一番地新坂三五九号蓋平館別荘にて
晴れた空にすさまじい音をたてて、激しい西風が吹き荒れた。三階の窓という窓は絶え間もなくガタガタ鳴る。その隙間からは、はるか下から立ち昇った砂ほこりがサラサラと吹き込む。そのくせ空に散らばった白い雲はちっとも動かぬ。午後になって風はようよう落ちついた。…』

そう、啄木の『ローマ字日記』は単なる日記ではない。啄木の小説を書くためのネタ帳であったろうし、備忘録の要素が強いかもしれない。しかし、昭和の時代になって、初めてこの啄木の『ローマ字日記』が世に出た時には相当な反響があった。

このローマ字日記を通じて啄木の世界の虜になった人も多いと聞く。I生もその一人だった。

私は思う。もし啄木が結核に斃れず、生きながらえていたならば、歌人としてではなく、むしろ「エッセイスト」としての地位を確立していたのではないか。

それほど、この『ローマ字日記』は啄木の心情を、心の叫びを余すところなく瑞瑞しい筆致で現代の私たちに伝えているのだ。

コーヒーを頂きながら、私はこの『ローマ字日記』を読み進めていた。そしていつものようにというか、何度読んでも飽きることなく、読めてしまう。金田一との何気ない会話や浅草の話。私はどっぷりと明治の世界に浸っていた。

しかし、『先生、これって普通の…』と言いかけたとき、先生は微笑みながら手を差し出し、読み進めるよう促したのだ。

『五月二日　日曜日　九時であった。小さい女中が来て、「岩本さんという方がおいでになりました。」と言う。岩本！　はてな？　起きて床を上げて、呼び入れると果たしてそれは渋民の役場の助役の息子──実君であった。宿を同じくしたという徳島県生まれの一青年をつれて来た』

私は思わず微笑む。実君とは渋民尋常高等小学校で啄木が代用教員をしていた頃の教え子だ。この教師と教え子のくだりは、私のお気に入りなのだ。

『しかし、これでは…』

と、向かいにおられるI生を見上げていた。先生もまた私の心はお見通しで、

「これでは、ただのローマ字日記と顔に書いているね」

と優しく微笑む。

再びローマ字日記に目を落とす。

『五月十八日　火曜日　遅く起きた。新小説を読みふけっていたせいだ。昨日の風は嘘のように収まり、窓越しの穏やかな日差しが予の寝ている間に足元を温めていたようだ…』

何気ない啄木の日常…。えっ！　いや、ちょっと待って。そんなはずはない。私はI

先生をまじまじと見つめながら、

『五月十八日は、啄木のローマ字日記では存在しないはずです。これは誰かのいたずらではありませんか?』

と思わず私は言った。

『これは先生の…』

と言いかけて言葉を飲み込んだ。確信と不安の中で何が起こっているのか整理がつかなかった。沈黙ののちにI先生が言った。

「信じないだろね。いや、信じなくたっていい。あなたの感じたままを信じればいいんだよ」

先生が続けた。

「実は啄木のローマ字日記は二つのヒエラルキー、つまり階層から成り立っているんだ。夢の中の夢、隠れ家の中の隠し部屋ように。啄木は日記をローマ字にするだけでは飽き足らず、様々な手法で自らの深層心理を追求しようとしたのかもしれない」

私はパラパラと日記をめくり、

『五月十九日　水曜日　よく晴れた朝だつた…、二十日　木曜日　何処かでひばりが鳴いている…二十一日　金曜日　朝、岩本が来た…、三十日　日曜日、五月三十一日月曜日　目まぐるしい二週間が過ぎた。社を休んでいた…』

『ん？』

私の知っている『ローマ字日記』の五月三十一日は、

『二週間の間、ほとんどなすことなく過ごした』

ではなかったか？　それはまるで『ローマ字日記』のパラレルワールドだった。


「おはようございます。石川先生、いらっしゃいますか？」

蓋平館の外から若い男の声がした。玄関先に小さな女中が出てきた。そしてその青年を一瞥すると、めんどくさそうに二階と三階の階段の踊り場から上に向かって、

「石川さん、お客さんですよ」

と言った。

啄木は読みかけの新小説を払いのけ、目を覚ました。

『はて？』

すると再び
「いーしーかーわー」

「はいい。お通しください」

と返した。

実君だった。

「今日はばかに早いね、実君、どうした？」

「先生は何故文学をおやりになるのですか？」

啄木はあまりにも不意な質問に、起きた勢いで放り投げそうになった新小説をお手玉したのち、暫し考えていた。

そして言った。

「残ったんだよ、それだけだ。軍人になりたいと思ったときもあった。教師をあのまま続けてもよかった。新聞の編集でもいい。今は新聞社の隅っこで校正の仕事を細々としている。でもやめられないんだ、文学を」

真面目で擦れていないこの青年は、正座したまま
「朝からすみません。自分は何を目指して行けばいいのか、わからなくて。文学はどうかな？　って思って」

啄木は、

「それは面白い。焦るな、のんきになれ！　やりたいことが簡単に見つかったら、面白くないよ。探しものをしているときが振り返ると充実した時間だったりするものさ」

啄木は言葉とは裏腹に内心、焦った。将来のある青年に私のような思いはさせたくない。

その時実君の父上、岩本助役の顔を思い出していた。

岩本助役は啄木が渋民で代用教員をしていた時代、両手放しで応援してくれた数少ない人のひとりだった。その子息である実君を啄木は見捨てるわけにはいかなかった。この青年が東京で暮してゆける段取りをつけるか、はたまた無事に渋民に帰すか。不安定な生活の中にある啄木がどうすることができようか。しかし、岩本助役の一件に加え、この実君から「先生！」と言われるたびに背筋がピンと伸びる気がして、何とかしてあげたくなるのだ。

しばらくして実君が窓の外を眺めて言った。

「眺めがいいこと。富士山がよく見える」

昨年の九月に蓋平館に越して来たとき、啄木もそう思ったものだ。風景は見慣れてしまうとどうってことない。

「冬場はもっと綺麗に見えるよ」

『見慣れてしまうとどうってことない…』

自らの言葉が心に影を落とした。

小説家は読者にとって使い捨てだ。最初は斬新だとか言ってもてはやされるが、あっという間に見慣れた風景となる。そして飽きられる。連載していた「鳥影《ちょうえい》」に至っては、連載途中で打ち切られた。読者が離れていったせいだろう。

「ちょっと外を散歩でもしようか？」

「はい」

どこまでも従順な実君だった。


下宿を出て森川町の路地を抜けると本郷通り。それを右に折れて書店が並び、しばらく行くと向かいに帝大の赤門が見える。さらに行くと本郷三丁目の交差点にぶつかる。上野駅方向に坂道を下ると、湯島天神がある。

ちなみにその坂道は「切通坂」という坂で、啄木の歌碑がある。

二晩おきに、
夜の一時頃に切通しの坂を上りしも―
勤めなればかな。
石川啄木

話を戻す。

湯島天神で二人はお参りをした。

「先生は何をお祈りしたのですか?」

実君はいちいち質問をする。

「焦るな、のんきになれ！」

と祈ったよ。

「えー、またそれですか？　わかりました。心を落ち着けて慎重に考えます」

「それでいいからね」

啄木の顔は石川先生になっていた。

境内の裏手に回った。そこは上野の不忍池、上野ステーションを見下ろす位置にあった。二人は石段の隅っこに腰を下ろした。

「僕はね、この東京市で暮していても、故郷を忘れた日は一日もなかった。金田一さんも同じだと思う。この坂を下って新聞社に行かず、いっそのこと上野ステーションから汽車に飛び乗って、盛岡に帰ってやろうかと思ったことは何べんもある」

「でも先生は帰らなかった」

と実君。

「いや、帰れないんだ。今のままでは」

『帰り方が分からなくなった』

の方が適切かもしれないと思った。

『焦るな、のんきになれ！』

と自分に念じた。

「お腹が空かないか」

と言うと、

「…はい」

と、申し訳なさそうな実君の返事が返ってきた。

二人は神社を後にして本郷三丁目の交差点の横にある『藪そば』の暖簾をくぐった。

中に入り、もりそば二つと啄木はビールを頼んだ。そばが一杯三銭。ビールが二十三銭。今と比べれば高価なものだった。

「先生、ビールは美味しいですか?」

と実君が覗き込むように質問をする。

「そばとビール。これがまた合うんだ」

路面電車がガタガタと音を立てて通り過ぎて行った。

「実君、あとでちょっと朝日新聞社まで使いをお願いしていいかな?」

「はい、わかりました。でも、また…給料の前借りをしても大丈夫でしょうか?」

「気にする必要はない。いつものように佐藤編集長のところに行って私の手紙を渡してくれればいい」

佐藤編集長は盛岡出身で、同郷の啄木の才能を認めつつ、心底便宜を図ってくれた人物だ。

ちなみに佐藤は、啄木が明治四十五年に亡くなる少し前、社内に呼びかけ、見舞金を集めたりもした。

「はい、承知しました」

と、実君は答えた。

それから二人は蓋平館の三階の啄木の部屋に戻り、何やら啄木が手紙をしたためるのを、実君は砲兵工廠《ほうへいこうしょう》の煙突の煙を眺めながら待っていた。

「よし。これを持って行ってくれ」

実君は渡された手紙を胸に収め、銀座にある朝日新聞社を目指した。

銀座の街は現代と違って活気はあるものの、ショーウィンドーなどおしゃれな街というよりは、政治や産業の交点という立地条件から、内外のさまざまな情報が行き交うビジネス街となっていた。その意味では、時代を先取りする遺伝子が現代に引き継がれていると言えるだろう。

実君は銀座のど真ん中、今の銀座四丁目に程近い数寄屋橋で路面電車を降り、朝日新聞社のビルに入った。受付で用件を伝え、三階の編集長室まで通された。

秘書の案内で部屋に入ると窓に向かって煙を燻《くゆ》らせている佐藤編集長がいた。振り向いて実君を認めるなり、

「やあ、どうしたのかな？」

とニコニコしながら尋ねた。

すると実君は緊張気味に啄木の手紙を差し出した。手紙を受取ると佐藤は席に座り、黙って手紙を読んでいた。そして、引き出しからペンと紙を取り出し、すらすらと書き、終えると封筒に入れた。

「ご苦労さん。これを石川さんに渡してください」

と言って実君に渡した。

実君は深々と頭をさげ編集長室を後にした。


蓋平館の階段を駆け上がると、実君は啄木に手紙を差し出した。啄木は少し驚いて、

「佐藤編集長が私に……」

「はい」

と、実君が答える。

おそるおそる手紙を開くと
「石川さん、体調はいかがですか？　よろしければ私の部屋にいらっしゃい。六時までならおります」

とだけ書かれていた。

啄木は編集長の心根を推し量れずにいた。

「実君、佐藤編集長は何か言っていませんでしたか？」

と問うた。

「いえ、なにも。ただこの手紙を先生にお渡しするようにとだけ…」

「そうか。わかった。今日のところはお帰りなさい。必ずまた連絡します。ありがとう」

申し訳なさそうに頭を下げ実君はとぼとぼと帰っていった。


夕暮れ迫る中、啄木は銀座行きの路面電車の吊り革につかまっていた。

『編集長は、何を考えておられるのか』

銀座のビルの時計は午後五時半を回ったところだった。

朝日新聞社のビルを見上げると、しばらくサボっていたせいか、何か妙に新鮮な気分になった。ほんの少しの勇気を振り絞り、ドアを押し開け階段を上り、一呼吸おいて編集長室をノックした。奥から
「はい、どうぞ」

と、まるで啄木の到着時刻をわかっていたように、佐藤の声が聴こえた。部屋に入ると佐藤は、深くソファに腰かけており、ニコっとして啄木に席にすわるように促した。

「熊は冬眠する前、いっぱい食べて脂肪をつけるらしい」

唐突に佐藤が言った。

「はぁ」

啄木はぽかんとした顔で次の言葉を待った。

「石川君、脂肪が落ちて少しやつれているんじゃないか。そろそろ冬眠からさめる時期かな?」

と佐藤は笑いながら啄木に言った。

「そうかもしれません。でも私は冬眠したかったのではなく、その…、冬眠する穴に落ちてしまったのです」

自分でもばかばかしいことを言っているようで、それでいて的を得ている気がしないでもなかった。

「はっはっは」

佐藤が豪快に笑った。

「では君は脂肪をつけずに冬眠に入ったんだね?」

「おっしゃる通り。ですので、私は脂肪をつけねばなりません」

啄木も、

「はっはっは」

と笑った。

『それはまるで入社試験のときのようだ。面接官は佐藤だった。いくらほしい？　と質問された啄木は正直に「三十円」と答え、二人で大笑いした』

そのときのことを啄木は思い出していた。

佐藤は引き出しから用意していた封筒を差し出し、

「教え子の面倒を見ているんだって？　先生も大変ですね」

とだけ言って啄木に手渡した。

深々と頭を下げて編集長室を後にした。

あたりは既に暗くなっており、ビルの明かりだけがほのかに道路を照らしていた。夜風がひんやりと啄木の頬をなでていた。

『俺は何をしているのか？』

己の赤裸々な姿を衆人の前に差し出し、どこまで耐えられるのか？　試しているがごとく感じられた。

『もう、なにも怖いものはない』

どこか吹っ切れた気持ちで、前借りした給料袋を懐に収め、どこまで堕ちてゆくのか、見定めてやろうじゃないか、などと考えながら下宿に帰っていった。

そのころ、実君の下宿では、同居人となった徳島県生まれの一青年の清水との間で、口論になっていた。要するに金がなかったのだ。

最初に清水が口火を切った。

「何がしたいか？　なんて青臭いことを言っている場合じゃない。明日どうやって食べてゆくかを考えることが先だ」

それに対し実君は、

「でも、人は生きてゆくためには希望がないと、目指すものがないと、張り合いがないように思うんだ」

と自信なさげに答えた。

「だから、希望を持つためにはまず生きなきゃだめだ。僕は明日から丁稚にいく。何が待っているかわからない。でも飯は食える。それ以上、何を望むんだ」

「…」

実君は答えられずにいた。

『清水君は生活者だ。力強い。僕の考えは甘い。ただただ石川先生を頼りにしているだけだ』

ちょっと言い過ぎたことを反省した清水は、

「実君の考えはわかる。東京に来た理由は希望を持っていたからだ。体一つで何かできるように思ったからだ。でも、結局、僕らは君の恩師のすねをかじっているだけだ。

先生も結構我慢しておられるように感じるし、僕たちはとりあえず東京《ここ》で自分の力で生きてゆく。そうしないと希望もなにもないじゃないか」

翌日、清水はその言葉どおりに下宿からほんの僅かの家財道具をもって、部屋を出て行った。

狭い下宿にひとり残された実君は、ぽつんとひざをかかえていた。

そこに啄木の声が聴こえた。

「実君はいるかな？」

「はい」

と答えると、啄木は引き戸を開け、

「やあ」

といった。

「あれ、清水君は」

と聞くと、実君は昨日までのいきさつを話し、清水から託された手紙を啄木に渡した。

「そうか。清水君は確かに生活者だな」

と啄木はひとり納得するように言ったかと思ったら、急に話題を変え、

「昨日給料が入った。何か食べにいこう」

と励ますように実君に言った。

いつもの藪そばだった。そしていつものように啄木はそばとビールを頼んだ。そのとき、真剣な顔をして実君が言った。

「先生は生活者ですか」

ビールを注ごうした啄木の動きが一瞬とまり、実君をみつめた。

そして、シュワッと音を立てながらビールを注ぎ、

「私は少なくとも生活者ではない。家族もろくに養うことができない」

と寂し気に笑い、ビールをあおった。

「結局、成果を出さなければ、犬の遠吠えに過ぎない」

と啄木。

「今の僕は何も挑戦していません。勝つことも負けることもできないでいるのです」

と実君が言った。

「だから、『焦るな。のんきになれ』と言ったろ」

啄木はこの教え子がどうしようもなく、かわいいと思った。

五月三十日（日）の日記だった。『ローマ字日記』にはない箇所だ。私は思わずため

息をついた。そしてI先生に言った。

「啄木も実君と同じようにもがいていたのでしょうか?」

I先生はかみしめるように言った。

「そうかもしれないね。でも、そこが啄木らしさなんだろうね」

再び私は『ローマ字日記』に目を落とした。

『…岩本が来て予の好意を感謝すると言って泣いた。十日の朝、盛岡から出した宮崎君と節子の手紙を枕の上で読んだ。七日に函館を発って、母は野辺地に寄り、節子と京子は友と共に盛岡まで来たという。予は思った。「遂に!」』

私が知っている『ローマ字日記』だった。岩本とは実君のことだ。

不思議なこともあるものだ。今読み進めている箇所はいつもの『ローマ字日記』のはずだ。しかし幻の『ローマ字日記』を読んだ私は、行間がはっきりと見て取れた。

北海道に残していた家族が大挙して東京の啄木のもとにやってくる。

慌てて家族が住まう場所を探す。

そして金田一、実君とともに上野駅に家族を迎えに行く。そのとき家族との再会の喜びの中で、啄木は生活者となっていた。

結局、「理想と現実」というものは、選択するものではないのだ。理想というものは本人が捨てない限りは持ち続けることはできる。ただ、そうであっても目の前の現実から目をそむけることはできない。

現実とは、つきつけられるものなのだ。だから、「生きる」ということは、現実とどう向き合うか、どう折り合いをつけるかということだ。

私は思う。おそらく上野駅に啄木とともに行った実君は、現実というものをまざまざと見せつけられたに違いない。

一方で私は確信する。帰り際、実君に対し啄木は家族に囲まれながら振り向きざまに、

「焦るな、のんきになれ」

と言って勇気づけたのではないか―。

この言葉は何故か、札幌農学校で教鞭を取ったクラーク博士の有名な言葉「Boys, be ambitious（少年よ、大志を抱け）」と同じ響き、つまり若者に対する思い、眼差しが重なるように思えた。

ちなみに後日談であるが、実君は郷里には戻らず、北海道に渡ったと金田一によって語られている。実君も屯田兵とともに明治の北海道で、私と同じ感慨に浸っていたのかもしれない…。

Ｉ先生が言った。

「どうだった。面白かったかな」

「はい。とても」

当時の私は啄木研究者として自らの立ち位置を、居場所を探していた時期だった。

「そう。それはよかった」

とＩ先生。

帰り際、玄関先でＩ先生に見送られ、去ろうとしたその瞬間、背中越しにＩ先生が言った。

「焦るな。のんきになれ」

私は振り返り、一礼してその場を辞した。

今にして思う。幻の『ローマ字日記』の作者はＩ先生だったのではないか。啄木を通じて研究者としてのあり方を私に伝えたかったのかもしれない。

実君に私の姿を重ね、改めて恩師をありがたく思う今日この頃だ。

●参考文献

『石川啄木全集第五巻』（一九九三年五月二十日筑摩書房発行）
『石川啄木全集第六巻』（一九九三年五月二十日筑摩書房発行）

●《クラーク博士像羊ケ丘公園》
(『さっぽろ羊ケ丘公園』公式Ｗｅｂサイトより)

●《啄木が教鞭を執った渋民尋常高等小学校》
(『渋民小学校開校百年記念誌』より)

小説　一握の砂を示し人

鈍行列車はガタンと音を立てたかと思うと、ゆっくりとホームを滑り出した。新幹線の鼻先に見送られながら赤レンガの東京駅が見えなくなった。車窓が私とビル街を重ねながら日差しを取り込んでいた。

一週間ほど前、かねてよりのんびりと休暇を取って電車の旅を楽しみたいと思っていた私は「青春18きっぷ」を購入した。「青春か…」思わず照れを感じた。行きがけに書斎の奥に眠っていた一冊の本をカバンに忍ばせた。若い頃に愛読した歌集『一握の砂』だった。

こう見えても私は文学青年だった。漱石、鷗外をはじめ特に明治の文豪と言われる作家の小説などはつぶさに読んだ。そして歌集『一握の砂』も忘れがたい作品のひとつだ。通り過ごしてしまいそうな人の心の動きを、ここまで見事にトレースした歌は見たことがなかった。あとから共感に襲われるような不思議な感覚がそこにあった。

昔恩師が言った。

「歳を取って改めてドストエフスキーの『罪と罰』を読んでみると、若いときとはまた違った味わいがあるものだ」

と。私も人生の折り返し地点をしばらく前に過ぎ、当時の恩師の歳もいつの間にか追い越してしまった。青春時代に読んだこの歌集の中に今までの私が気づかなかった共感という名のお宝が埋もれているのかもしれない。そんな淡い期待を抱きながら、最初のページをめくった。

東海の小島の磯の白砂に
われ泣きぬれて
蟹とたはむる

頬につたふ
なみだのごはず
一握の砂を示しし人を忘れず

私は思った。
『そもそも表題にある「一握の砂」とは何を指しているのか？　それを「示しし人」とは誰のことなのか？　わからないことばかりだ。でもそれでもいい。それでも歌集『一握の砂』は色褪せることはないのだから』

私は再び鈍行列車に乗り込んだ。そして『一握の砂』を抱えながら、流れる風景に身を任せていた。

ビルの間を抜けて、電車はほどなくして新橋駅に到着した。新橋駅はそう、日本で最初に開業した鉄道の駅だ。

一八七二年（明治五年）、新橋停車場が完成し、横浜との間を結ぶと、港から荷揚げされた舶来物が怒涛のようにもたらされた。新橋停車場にほど近い「銀座」がその恩恵に預かるのも自然の成り行きだった。

五年後の明治十年には、銀座は幾多の大火に見舞われながらも、煉瓦街に生まれ変わっていた。とは言っても、当時の銀座は交通の利便性にこそ恵まれていたものの、煉瓦家屋も殺風景で、いまひとつ人気がなかった。そのため空き家も多く、今の人々が思い浮かべるような文明開化の象徴といった華々しさとは程遠いものだった。

しかしやがて銀座は、政府諸機関のある丸ノ内、金融・商業の盛んな日本橋、外国人慰留地の築地にも近く、情報の取りやすさが再認識され、ぽつぽつと新聞社が居を構えはじめた。そして明治の終り頃には「銀座新聞街」と呼ばれるようになった。「朝日新聞社」もその一角にあった。

明治四十三年四月二日、朝日新聞社の編集室では、記者が片方の耳にコップのような受話器を押し当て、周囲の喧騒を避けるようにもう片方の耳に指を突っ込み大声でがなっていた。いつもの風景だ。

そこで社会部長の渋川柳次郎が、電話の男に負けないくらい大きな声で、ひとりの若者に声をかけた。その若者こそ、石川啄木であった。彼が朝日新聞社に校正係として入社してちょうど一年が経過しようとしていた頃だった。

「石川君、ちょっと」

渋川部長の声に気づいた啄木は慌てて走り寄り、部長のデスクの前に立った。すると、

「先月、君がうちから出した歌、あれはよかったねぇ」

と部長。啄木は少し照れながら、

「あっ、ありがとうございます。でもそれは私の単なる趣味ですから」

渋川は煙草の火を灰皿にもみ消しながら、

「まぁ、そう言わず。出来るだけの便宜を図るから、今後のため君の自己発展の手段というものを考えてみてはどうか？　君にお願いしているのは校正の仕事だが、君だってそれだけで終わるつもりはないだろう」

と言った。

啄木は軽く会釈をしてその場を辞し、再び自分の席に着いた。と同時にそっと引き出

しを開け、中にある一冊の大学ノートを見つめた。『ヒマナ時』と題した歌の創作ノートだった。

『歌集を出してみようか…』

渋川の術中にまんまとはまったような気がしたものの、まんざらでもなかった。

その日の仕事が終わり、夕刻帰宅した。当時の啄木の住処は本郷の「喜之床」という床屋の二階を家族で間借していた。


啄木は二階の縁側に腰掛けた。道路を挟んで向かいにある「めし屋」の看板の旗がくるくると春の夜風に弄ばれていた。この「めし屋」も夏には「氷屋」に看板が掛け替わる。世の中というものは、案外融通が利くものだと感心する。その一方で、自分も「校正係」から「流行作家」に看板を掛け替えたいと思うのだが、こちらの方は融通が利かないようだ。

啄木の様子を伺っていた妻の節子に気づいた。

「晩ご飯出来ましたよ」

啄木は、

「今日、実は部長に何かやってみろと背中を押されたんだが…」

と一部始終を話した。

節子は口元を綻ばせながら、

「歌集を出すのですね」

と言った。

「いや、僕は小説を書きたい。歌も好きだが、あれはあくまで趣味だ。気晴らしに過ぎない」

と啄木。

「そうなの」

一瞬の間も感じさせないように節子は軽く微笑んでうなずいた。

その夜、襖の反対側にいる家族の寝息を聴きながら、啄木はこの創作ノート「ヒマナ時」を手に取り、ランプの明かりをたよりに読み返していた。

『そうだ。二年前の明治四十一年六月十四日から書き始めたのだ。明治四十一年六月と言えば、独歩が亡くなったときだ』

啄木は思い出していた。


明治四十一年六月二十四日の啄木の日記には次のように記されている。

『一人散歩に赤門の前を歩いてると亀田氏に逢つて、国木田独歩氏、わがなつかしき病文人が遂に茅ケ崎で肺に斃《たお》れた（昨夜六時）と聞いた。驚いてその儘《まま》真直に帰つた。独歩氏と聞いてすぐ思出すのは〝独歩集〟である。ああ、この薄倖《はっこう》なる真の詩人は、十年の間人に認められなかつた。認められて僅かに三年、そして死んだ。明治の創作家中の真の作家——あらゆる意味に於て真の作家であつた独歩氏は遂に死んだのか！』

啄木も与謝野鉄幹、与謝野晶子夫妻をはじめ、明治の文豪と言われた森鷗外、夏目漱石などに感銘を受け、大いに刺激を受けたのは間違いない。ただし、その当時の啄木はすでに彼らのスタイルを真似ようとはしないどころか、常に客観的な視点を忘れていなかった。

例えば鷗外に対しては、「森先生の小説を読むに、あまりに平静であり公明である」と少し物足りなさを感じたことを吐露し、漱石に対しては「夏目氏は驚くべき文才をもっている。しかし偉大がない」というように手厳しく批評したものだった。

しかし、啄木とて表現方法あるいは彼自身の境地を確立していたわけでもなく、求めもがいていた。

『今までと同じやり方、表現ではやがて枯渇する。時代はもっと新しい方法で普遍的な何かを求めているのだ』

そんな中で自らの主張を通し、ようやく脚光を浴びていた国木田独歩に、啄木は未来の自分を重ねていた。自分の求めている方向に向かって、その先を国木田独歩がその名の通り「独り歩いている」。独歩こそ「真の作家」だ。だから独歩の死がよけいに悲しかった。

啄木と独歩が共通するのは人間が大好きなことだろう。啄木が歌集『一握の砂』の中で、

浅草の夜のにぎはひに
まぎれ入り
まぎれ出で来しさびしき心

と詠んで、浅草のにぎわいと人々の熱気に魅了されたかと思えば、一方、独歩は自ら著した短編小説『忘れえぬ人々』（一八九八年四月、『国民之友』）の中で、「北海道歌志内《うたしない》の鉱夫、大連湾頭《だいれんわんとう》の青年漁夫、番匠川《ばんしょうがわ》の瘤《こぶ》ある舟子《ふなこ》など、僕が一々この原稿にあるだけを詳しく話すなら夜が明けてしまうよ。とにかく、僕がなぜこれらの人々を忘るることができないかという、それは憶《おも》い起こすからである。なぜ僕が憶い起こすだろうか」

と記し、人々の暮らしや人生というものに思いを馳せている。二人は市井の人々に注目せずにはいられない性分のようだ。いや、そうではない。文学とは本来押し頂くようなものではなく、市井の人々の中から湧き出づるものだという確信があったのだ。

さらに啄木はランプの明かりの下で、当時の自分の心の在り処に身を投じていた。不思議なものだ。もちろん、この世に生れ落ちた限りは、亡くなるのは自然の摂理であるが、ある人の訃報に接したとき、そんなに親しくもない人だったにもかかわらず、自分でもおかしいくらい心にぽっかり穴が空くことが往々にしてある。

独歩の死もそうだ。独歩が肺病を患い静養していたことは風のうわさで聞いていた。だから、早晩亡くなってしまうのだろうと漠然とは考えていた。独歩との面識もついぞないし、議論をしたこともない。自分になんら影響を与えない、との油断があったのか……。

その頃、啄木は赤心館に下宿しており、柱時計が深夜十二時を打っていた。あたりは静まり返り、闇が広がっている。不思議と涙はない。啄木は心の安らぎがほしかった。目を閉じればかつて滞在した函館の海岸があった。そこに自分を置いてみた。心の中で泣きはらした。

――家族の寝息を聞きながら書き始めた当時を思い出し、創作ノート『ヒマナ時』を

パラパラとめくった。その最終ページに大きな字で、

東海の
　小島の磯の
　　白砂に
われ泣きぬれて
　蟹とたはむる

と記されていた。そうだ、これは独歩へのレクイエムだった。

当時の記憶がランプの明かりとともに鮮明によみがえってきたところで、創作ノートを閉じた。

『遅くなった。明日も仕事だ』

慌てて創作ノートを仕舞い、床に就いた。その夜、こんな夢を見た。独歩を思い出していたせいだ。

啄木の前に独歩が現れた。そしてこう言った。

「石川さん、ですね」

啄木はうなずいた。

独歩が続けた。

「石川さんは何故、小説を書きたいんですか?」

「人間というものの本性を表現するためには、小説が一番いい。そう思っているからです。あなたもそう思って小説を書いてきたのでしょう?」

と啄木。

「いかにも。でも、石川さんには歌がある。僕はそれを羨ましいと思う。歌では人間の本性を表現できないのですか?」

と独歩。

啄木は、

「歌はその時々の思いを閉じ込めることはできるかもしれない。しかし、人の心は移ろうものです。その移ろう心が人間の本性であって、私はそれを人と人との関係性、あるいは時間の流れの中で、小説という形で表現してみたいのです」

と答えた。

独歩は顎に手を当て少し考え、こう答えた。

「確かに石川さんがおっしゃることは正しいと思います。人の心は移ろいやすいものです。人間の心には天使も悪魔も棲んでいる。悲しむ心、喜ぶ心、優しい心、卑怯な心だってある。実はどこを切り取っても人間の本性には変わりないはずです。先ほど、石川さんが人間の本性を表現したいと言いましたね。人間の本性を、その一瞬一瞬の生命の一秒を掬《すく》い上げられるとしたら、歌という手段でそれを切り取ることも一つの立派な表現方法だと、僕は思いますよ」

翌朝、出社した啄木は渋川部長の机の上に創作ノート『ヒマナ時』を置き、啄木を見上げる渋川にこう言った。

「部長、昨日はありがとうございました。私はこれから歌集を出したいと思います」

それに対して渋川は、

「そうか、それはよかった。それにしても君、この『ヒマナ時』っていう表題、面白いね」

と、にかっと笑った。

その日から啄木は夜ごと、創作ノートをはじめ過去の雑誌に発表した歌などをひっくり返し、編集作業の準備に明け暮れた。編集ノートに、歌集の仮題を『仕事の後』と記した。まさに仕事の後、夜なべをして作業に専念する啄木だった。

歌の数は取捨選択するほどにあった。創った順番に並べてもよいのだが歌集に統一性を持たせ、読み易くするためには項目ごとに分類する作業が必要だ。

項目は以下のようにした。

・我を愛する歌
・煙
・秋風のこころよさに
・忘れがたき人人
・手套を脱ぐとき

「忘れがたき人人」―もちろんこれは独歩の「忘れえぬ人々」に対するオマージュだ。そして最初の「我を愛する歌」は、自らを見つめる部屋のようなものだ。自らの内面に肉迫せずして、どうして人間の本性に迫ることができるだろうか?

いのちなき砂のかなしさよ
さらさらと
握れば指のあひだより落つ

これを最初の歌とした。

啄木は何故か「一握の砂」にこだわりがあった。「一握の砂」とは、啄木だけが知る暗号のようなものだ。その意味するところは、自らが主張すべきこと、言いたいこと、心の叫びといったところだろうか。「一握の砂」としたのも、その時々の啄木の言葉にした考えさえも砂のひと粒ひと粒の儚《はかな》さに重ね合わせていたからなのかもしれない。人の運命という儚さを感じながら、自分を見つめている啄木がいた。

そうしているうち、日頃の疲れも手伝っていつの間にかランプの明かりの揺らめきが催眠術のように啄木を眠りへといざなった。

『ここは何処だ。潮の香りがする。あゝ函館の大森浜だな』

すると、啄木に向かってゆっくり歩いてくる人影があった。独歩だ。優しい笑みを浮かべ近づいてきた。

「石川さん、またお会いしましたね」

「あなたにお会いしたかった。今度、私は歌集を出すことにしました。あなたのおかげだ」

と啄木。

独歩は大きくうなずき満足げに、

「それは、よかった」

そう言うと、少ししゃがんで白砂を握りしめ、啄木の前に示した。

「これは何だと思いますか？」

と独歩が問うた。

少し遠くで潮騒が聴こえた。

「一握の砂。いのちなき砂のかなしさよさらさらと握れば指のあひだより落つ」

啄木は言った。

独歩は首を振って言った。

「石川さんはわかっているはずです。いのちなき砂。本当にそう思っているのですか？」

啄木も一握の砂を手にして、

「そのとおり。ちっぽけな私から生まれいづる言葉なんて、この砂のように儚いものです。ほら、砂時計のように零《こぼ》れ落ちる」

すぐ近くで波が割れる音が聴こえた。と同時に潮の香りがした。

独歩は続けた。

「いのちなき砂にも語るべき物語があるはずです。あなたは既に気づいているのですよ。空を見上げてください」

するとなんとも不思議で幻想的な世界が広がった。地上は月明りで照らされているにもかかわらず、天空には零れんばかりの星が瞬いていた。

「夜空の星のひと粒一粒も、我々の手のひらにある砂のひと粒一粒も、そして石川さんから生まれ出た言葉も同じです。生まれ出てきた歴史があり、語るべき物語がある。けっして儚いものではない。尊い生命のひと粒一粒です。石川さん、私はそれを歌に託してもらいたいのです」

独歩は真剣だった。一握の砂を手に彼の頬を涙が伝っていた。

啄木は机に突っ伏している自分に気づいて目が覚めた。

『夢だったのか?』

創作ノート『ヒマナ時』は、二年前の六月二十三日、つまり国木田独歩が亡くなる前日に記したページが開かれていた。読み返すと愕然とした。

頬につたふ
なみだのごはず
一握の砂を示しし人を忘れず

啄木は思った。

『あなただったんですね。「一握の砂」を示してくれた人は―』

翌朝、啄木は編集ノートを取り出し、最初のページにおくべき歌を変更した上、歌集の題を『仕事の後』から『一握の砂』に書き改めた。

その年の暮、明治四十三年十二月一日、歌集『一握の砂』の初版が店頭を飾った。朝日新聞社の渋川部長はじめ同僚たちも歌集の出版を心から喜んだ。

遡ること三か月前の九月のこと、『一握の砂』の編集作業を終えた啄木は、渋川部長の前に進み、そして言った。

「部長、折り入ってお願いがあるのですが…」

「どうした？　君に自己発展の勧めをした手前、僕のできることだったらできるだけ努力するが」

「例の歌集が出来上がりました」

「そうかそうか。それはよかった」

「ついては部長に私の歌集の序文を書いていただきたいのですが…」

渋川は飲みかけのお茶を思わず吹き出しそうになった。

「ちょっちょっと待ってくれ。いきなり言われても受けられるかどうか―」

「部長の自己発展のためにお願いしているのです」

聞き耳を立てていた同僚たちがクスッと笑った。

「わかったわかった。私の負けだ。よし、推薦文を書こうじゃないか。手元に歌集の原稿はあるのか?」

「はい、あります」

それから渋川部長は『一握の砂』に散りばめられた歌の数々に目を落とし、ときには笑い、ときには大きく頷きながら、そしてときには遠くを見つめてため息をつきながら読み進めて行った。


そして完成した歌集『一握の砂』を開くと、渋川の序文があった。


『世の中には途法も無い仁もあるものぢや、歌集の序を書けとある。人もあらうに此の俺に新派の歌集の序を書けとぢや。ああでも無い、かうでも無い、とひねつた末が此んなことに立至るのぢやらう。此の途方も無い処が即ち新の新たる極意かも知れん。……

(以下、略)』

照れながらも、温かい眼差しの渋川の文章がそこにあった。

背中合わせの同僚の山本松之助が振り向いて啄木に話しかけた。

「石川さん、私もさっそく買いましたよ、歌集。ちょっと値が張ったので女房には内緒でね」

「そんな、無理をなさらないでください」

と少し照れながら啄木が言った。

「でも石川さん、ちょっと読んでいて気になったことがあるんですが…」

と山本。

「ほう、それはどんなことですか？」

「いえね、別に大した話でもないんですが、最初の歌に、ほら、東海の…から始まる歌と、頬つたふ…一握の砂を示しし人を忘れず、ってありますよね。確かに表題になるくらいだから代表的な歌には違いないと思いますが、何で最初の『我を愛する歌』に入っているんですか？」

啄木はにこりとして、

「いいところに気づかれましたね。そうですよねぇ、でもこれでいいんです。歌集の最初を飾るべき歌なんです」

山本が、

「へえ」

と首を少しひねりながら、まあいいかと言わんばかりに再び自分の仕事に戻った。

『あなたが亡くなり、泣きはらした夜のことを、一握の砂を示してくれた日のことを
――私は決して忘れない。プロローグはこの二首をおいて他にない』

後日談であるが、啄木の歌集『悲しき玩具』という表題は、啄木が臨終近くにすべてを託した土岐善麿が名づけた。啄木は当初、『一握の砂以後』という表題を付けていたようだが、前作の『一握の砂』に似ていて紛らわしいということになり、表題を再考することになった。そこで啄木の歌論『歌のいろいろ』に記した「歌は私の悲しい玩具である」という言葉から歌集『悲しき玩具』と命名した。でも本当は啄木にとって歌は、心の叫びであり、吹き込まれた生命であったのだ。だから『一握の砂』という言葉にこだわったのではないか――。

電車は次の乗り換え地点である浜松駅に到着した。最後まで読んだ。もう一度最初の歌に戻った。

東海の小島の磯の白砂に
われ泣きぬれて
蟹とたはむる

頬につたふ
なみだのごはず
一握の砂を示しし人を忘れず

私は思った。そもそも表題にある「一握の砂」とは何を指しているのか？　それを「示しし人」とは誰のことなのか？　わからないことばかりだ。でも、それでもいい。それでも歌集『一握の砂』は色褪せることはないのだから。

私は再び鈍行列車に乗り込んだ。そして『一握の砂』を抱えながら、流れる風景に身を任せていた。

《函館の大森浜の啄木像》

●参考文献
『石川啄木全集第五巻』（一九九三年五月二十日筑摩書房発行）
「忘れえぬ人々」『國木田独歩集明治文學全集』（二〇一一年十一月筑摩書房発行）
『金田一京助全集十三』（一九九三年七月一日三省堂）
『銀座～駅前商店街第一号』（財団法人東日本鉄道文化財団）

●《国木田独歩》
（新潮日本文学アルバム
『石川啄木』より）

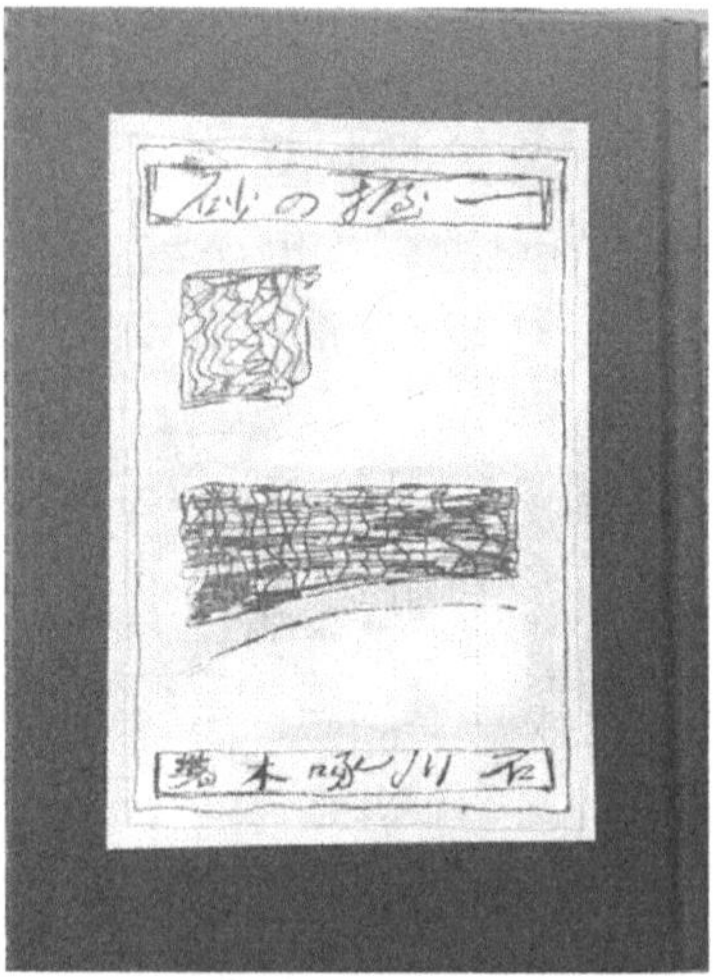

●《歌集『一握の砂』》

第三章　エッセイの部屋

エッセイ　風に乗じて

長年勤めた職場を去り、フリーの立場となった私は、初めて石川啄木の魂を追って横浜を訪ねた。

なぜ、横浜だったのか―それは、見えない何かの意志が働いて、新しい私が啄木と出会うにあたり、最初に用意されたステージのように思われた。そしてまた、自分の文学的運命を極度まで試験せねばならぬと思い、北海道から船で上京した時の啄木の心境を理解する上でも、横浜へ行くことは意義あることと思われた。

啄木が横浜港に降り立ったのは、明治四十一年四月二十七日のこと。それまで釧路の新聞社で、記者として活躍していた啄木だったが、職場内の人間関係がうまくいかなくなり、ついに社に辞表を叩きつけて、こつ然と釧路を去ったのだった。歳二十二。まだまだ血気盛んな青年・啄木であった。

その時の心境を、啄木は次のように述べている。

「啄木は林中の鳥なり。風に随つて樹梢に移る。予はもと一個コスモポリタンの徒、乃ち風に乗じて天涯に去らむとす。白雲一片、自ら其行く所を知らず」

ペンネーム「啄木」は「啄木鳥《きつつき》」からとっている。まさに啄木は鳥のように世間から吹く風に随って故郷を離れ、北海道を漂泊した後、東京へ向かった。さらに世界中を飛び回る夢を抱いたのである。

私が二十四年間勤めた財団法人石川啄木記念館を去ったのは、昨年の十一月末のことであった。法人法の改正という風が吹き寄せたためである。

社会の風は、私が積み上げてきた事もあっさりとさらっていった。世の無情を知り、これが現実の社会であることを認識した時、涙がゆくりなく私の頬をつたった。

館を去るにあたって、私の心を苦しめているものは何であったか―それは長い年月の間に収集した啄木の自筆の手紙、膨大な量の研究書など、数々の資料から離れなければならないということ。そしてまた、スタッフが毎日、お掃除して美しく整えられた庭にも愛着があった。地域の人たちに支えられてきた館でもあった。

しかし、モノに執着すればするほど、離れることがつらくなる。つまりそれは心も身体も自由にならないことでもある。私はモノへの執着を捨てることを決意した。だからといって啄木研究を捨てるわけではない。いやむしろ、建物の外へ出て、新たな啄木を探しに行く機会を得た、と思ったとき、記念館の窓が開け放たれたように感じた。急に私の心は軽くなり、風に乗じて、天涯に飛び立ったのである。

啄木が釧路での生活に絶望した時、「目的の無い生活！　生存の理由も価値もない生存！　そんなら死んで了へばよいのに」という思いが心をよぎったことが日記に記されている。やがて「何とかして東京に行かねばならぬ」という思いを抱く。

人は生きていくためには、小さくても目標があればいい、あるいは何かあこがれを抱くのもいいだろう。一日の中にささやかな楽しみがあってもいいだろう。幸い啄木は、東京で新たな創作的生活を築くことに希望を見出したのであった。

北海道から三河丸に乗り、海路を二日半程かけ、ようやく横浜港に着いた啄木は、横浜正金銀行の向いにある長野屋に投宿した。そして翌日、横浜正金銀行の預金課長で山岳文学者の小島烏水に面会し、相携えて程近い洋食店の奥座敷に上った。玻璃の花瓶に白いあやめと矢車の花が活けられていて、早くも初夏を啄木に告げた。

啄木は夢中になって、小嶋が話す最新の文学事情に耳を傾けた。

「二葉亭の作に文芸を玩弄《がんろう》する傾向の見えるのは、氏の年齢と性格によるので、今の文壇、氏の位頭の新しい人はあるまい」と小嶋は話したという。

奇しくも翌年の明治四十二年十一月から『二葉亭四迷全集』の校正に携わることになる啄木であるが、この時はまだその運命も知らず、ただ二葉亭の文学に対する姿勢に大いに心をときめかせたのであった。「名知らぬ料理よりも、泡立つビールよりも、話の方がうまかつた」と啄木は述べている。

その日の午後、啄木は汽車で都門に向った。

横浜正金銀行は現在、神奈川県立歴史博物館として活用されている。私はそこを訪ね、さらに啄木が投宿した長野屋があった場所を確認しながら、新しい生活に希望の光を見出した啄木の姿を思い浮かべた。

そして、初夏の風を心地よく感じている私の心の中を、啄木の言葉がよぎっていった。

「すべて古い自分といふものを新しくして行きたく思ひます」

この時、私も古い自分を捨てた。そして新しい自分との出会いに心がときめいた。

（二〇一四年十月十九日「みちのく随想」『岩手日報』掲載）

●《旧横浜正金銀行》

エッセイ　私の「青森時間」

今、私は函館行きの新幹線に乗っている。

今年の三月二十六日に新幹線が函館まで開通して以来、初めての乗車である。もう新青森駅で降りて、「スーパー白鳥」に乗り換える必要もなくなった。このような時代を、石川啄木は果たして想像できたであろうか—。

車窓から馴染みの駅が飛び込んでは通り過ぎる行く中で、今日も私は啄木に思いを馳せている。

啄木が初めて北海道へ渡ったのは、明治三十七年の秋のことであった。そのとき啄木、満十八歳。詩集出版を企て、小樽にいる義兄・山本千三郎に資金援助を依頼するために、好摩ヶ原の虫の音に送られながら汽車に乗って小樽へ向かった。

途中、青森県の尻内《しりうち》駅（現八戸駅）で下車し、宿で一泊。心が冴えて、あまり眠ることが出来ないままに朝を迎え、早朝の汽車で野辺地へ行った。そこの浜辺に咲き残っていた赤いハマナスを摘んで、四時間ほど散策して再び青森駅に着いた。その日はそこで一泊。

こうして青森で過ごしている間の啄木は、一抹の不安を払拭するように、詩集発行を意識して、詩壇の先輩に宛てて手紙を書いたり、小樽の詩友との出会いに心ときめかせながら過ごしていた。希望と期待に充ちたひとときであった。

翌日、青森港から津軽海峡を陸奥丸に乗って函館港に着き、そこで一泊。翌日、ドイツ船ヘーレン号に乗って小樽港に入った。

これまで私は渡道した啄木を考える時、青森という地を単なる通過点と考えていた。だが、いろいろなことに思いを巡らせながら青森で過ごしていたことを思うと、とても重要な時間であり、青森こそ重要な地であることにハタと気がついたのである。

私の乗った新幹線は青函トンネルに入り、車窓が鏡のように私自身を映し出している。

啄木の二度目の渡道は、明治四十年五月四日のことで、母親を知人の家に預け、妻子は盛岡の実家に行き、父親は野辺地の常光寺に身を寄せていたので、啄木は妹と共に函館へ行くこととなった。それは二度と故郷に帰ることのない旅となった。

「一家離散とはこれなるべし。昔はこれ唯小説のうちにのみあるべき事と思ひしものを…」

と、啄木は日記に記していることから、その悲惨な心情を窺うことができよう。

そうして啄木が妹の光子と共に乗った列車は、夜の九時半頃に青森に着き、すぐに「陸奥丸」に乗り込んだ。

だが、津軽海峡に浮流水雷が流れているということで、夜間の航海は禁ぜられ、翌午前三時の出港となった。啄木は光子と共に船内で夜を過ごすのである。

啄木は一人甲板に立った。そして故郷の空を仰ぎ見て、夜の空気を胸深く吸った。閉じた目に浮かぶのは、浅緑の、暖かい五月の渋民だった。

「あゝ、古里許りは恋しきはなし。我は妻を思ひつ、老ひたる母を思ひつ、をさなき京子を思ひつ。我が渋民の小さき天地はいと鮮やかに眼にうかびき」

その時、涙が急雨のようにくだった。

この青森という地には、啄木だけでなく、渡道していった人々のさまざまな思いが残されている。青森で過ごす時間は、心の整理をしたり、きっぱりと故郷に別れを告げたり、新しい自分になったり、将来への心の準備と希望を抱く時間となっていたであろう。

私はこの時間を「青森時間」と名づけよう。例えニューヨークにいようとも、バリにいようとも、どこにいようとも次のステップを踏む前の不安定な時間を「青森時間」と名付けよう。

さて、私にとっての「青森時間」は、一つの講演が済み、次の講演の前に必ずやってくる。その時の私は、次の仕事への期待に胸を膨らませているはずなのに、なんともいたたまれないナイーブな気持ちになっている。あるいはまた、ゆっくりとコーヒーを飲み、ぼんやりとしているときもある。これもまた次のステップを踏むための「青森時間」と思えば、フッと気持ちが楽になる。

盛岡駅を発って二時間、私が乗った新幹線は函館に着いた。新幹線の中で「青森時間」を過ごし、これから私の講演が始まる。

（二〇一六年十月二十三日「みちのく随想」『岩手日報』掲載）

●青森県尻内（現八戸市）にある啄木碑

エッセイ　甘酸っぱいふるさとは今

東京の叔母からいつもの便りが届いた。

カラマツが色づいて、野山一面がオレンジ色に染まり、雪囲いの準備を始める頃、「もうそろそろかな」と思っているところに届く手紙。台風の影響を心配しつつも、リンゴの発送依頼と送り先の住所が書かれてあった。

盛岡の下町で生まれ育った叔母が、東京へ嫁いで五十余年。この時季に盛岡のリンゴを何箱も買い求め、家族で食べたり、都会の友人、知人たちにも贈るのが恒例になっている。

今年も叔母はふるさとの風景に七十数年の人生を重ねながら、甘酸っぱいリンゴを頬張ることであろう。

この甘酸っぱいリンゴも、今では品種改良が進み、たくさんの種類のリンゴがあるが、私が子供の頃はほとんど「紅玉」だったように思う。甘酸っぱさが子供の私にとって少々苦手だった。それから蜜の入ったリンゴが出回るようになって、つくづくリンゴはおいしいものだと思った。今では、工夫された新種のリンゴの味と食感を楽しみながらいただく時が、至福のひとときである。

石川啄木が初恋の頃に食べたリンゴは、さぞかし甘酸っぱい味がしたことであろう。その頃を回想して次のように詠んでいる。

城址《しろあと》の
石に腰掛け
禁制の木の実をひとり味ひしこと

「禁制の木の実」とはリンゴのこと。旧約聖書のアダムとイブが食べた禁断の果実、つまりリンゴを意識している。恋愛が白眼視されていた明治の時代に、当時十三歳の啄木が、初めての恋に苦しんでいた頃を詠んだ歌である。

啄木にとっても、リンゴはふるさとを象徴する果物である。啄木はこんな夢を見た。石を持て追わるるごとくふるさとを出てから一年半程が経ち、東京で暮らしている時であった。

「母が、裏の林檎の一番上に林檎が二つ赤くなつてるから、取つて喰べろと言つた。すると妹が先に立つて駆け出した。予は小倉服――上は黒、下は白――を着てゐて、竿を見付け出して駆け出さうとすると……」（明治四十一年十月二十八日の日記より）

ここで目が覚めた啄木は、それから二時間も枕の上でふるさとの事を考えていた。

啄木は遠く離れてふるさとを思った。そして「この甘酸っぱい想い出が詰まったふるさとへいつか帰ろう」と言う思いを抱きながらも、ついに帰ることなく二十六歳の生涯を閉じた。

そんな啄木が東京で暮らしながらたくさんの歌を作り、小説や評論を書き、歌集『一握の砂』や『悲しき玩具』を出版することができたのは、「いつかはふるさとへ」という心の灯を燃やし続けていたからであろう。

明治四十三年九月、盛岡が大きな水害に見舞われて、北上川と中津川が大氾濫をおこしたときも、ふるさとの知人にお見舞い状を出して心を寄せた。ふるさとの人が訪ねて来れば、真先に尋ねるのはふるさとの様子だったという。

ふるさとが心の支えであり続けるためには、何よりもふるさとの人たちが元気で頑張っていてくれなくてはならない。啄木はそう思ったに違いない。複雑な思いがあっても、それでも啄木をひきつけて止まないふるさとがそこにあった。

リンゴを頬張りながら今、私は思う――甘酸っぱくたっていい。ふるさとの人たちが、自然に対する謙虚さを忘れず、季節の変化を見つけては、今日一日の幸せを噛みしめて暮らしてくれていること、それが県外で生きる人の心の支えになるだろう、と。

叔母からの便りにも、私たち親子が変わりなく過ごしていることを何よりうれしい、と綴られてあった。

（二〇一八年十一月十八日「みちのく随想」『岩手日報』掲載）

エッセイ　今年の花の色は

昨夜も友人とオンライン飲み会をした。高校時代からの友人で、お互い還暦を過ぎ、時間的にも余裕が出来て以来、時々会ってお酒を酌み交わしていたのだが、新型コロナウイルス感染症の症大防止のために接触を避けて、オンライン飲み会に切り替えたのである。

夜、やっと一息つく時間帯に、スマートフォンやパソコンの前にお酒とおつまみを用意し、お互いの顔を画面で見ながら乾杯するその瞬間、一日の疲れがスーッと消えて行く。

「家の周りのフキノトウを採って来て、天ぷらにしたよ」と、私は画面の中の友に見せる。友もまたおつまみの三陸産ワカメの和え物を見せてくれた。こうして話題はお料理の話から始まり、その日の出来事や社会や健康、家族の話と多岐にわたる。共通しているのは友も大の石川啄木ファン。啄木の話になると止まらない。

昨夜も友が「明治時代はどんな病気が流行っていたのだろう」と口火を切った。そして啄木はじめ多くの人が結核と闘っていたことに思いを馳せ、そのときの状況がまさに今のコロナと重なることを話した。

啄木が病に倒れたのは明治四十四年（一九一一年）の年が明けて間もなくのときだった。東京で暮らして二年半が過ぎ、歌集『一握の砂』を出版した矢先だった。お腹が膨れて、立ったり座ったりするのも困難になり、病院へ行った。診察の結果、慢性腹膜炎と診断され、即、入院となった。

一か月余りの入院後、自宅療養をするのだが、そうしているうちに肺結核の症状が出、特に毎日のように三十八度、三十九度の熱に悩まされ、発熱予防の心配ばかりをしていた。

かつて啄木は心の病にかかった時、

「若し生に病者の最好薬剤はと問はゞ生はたゞちに故郷に帰れと申すべく候」

と述べたことがある。

ふるさとを出でて五年、
　病をえて、
かの閑古鳥を夢にきけるかな。

熱にうなされる病の床の中で、このように歌に詠んで、帰郷を夢見ていた。

さらに啄木を苦しめたのはお金がないことだった。なにせ薬代にかかった。当時、啄木は東京朝日新聞社の社員だったが、入院して以来、出社できず、収入の道は絶たれていた。やむを得ず社から給料を前借りをしたり、社員や友人たちが持って来てくれた見舞金や質屋に着物を入れてこしらえたお金で、何とか日々の生活を凌いでいた。その時の心境を次のように日記に記している。

「金！　生活の不安がどれだけ残酷なものかは友達は知るまい」

やがて妻・節子も咳をし出した。啄木は病の身体を押して電車に乗り、妻に飲ませる薬を買ってきた。そして炊事は啄木の母に任せ、寝室も別にした。だがその母も熱を出し、血を吐いて倒れた。母の食器は煮沸消毒をするとともに痰は容器にとることにした。結核菌も飛沫感染だという。すでに一家全員に感染していたのである。

啄木は薬に期待をした。当時、結核を治療する目的に発明されたツベルクリンがあった。啄木も肺結核と慢性肋膜炎にはとても効力があると聞いて、お金が手に入ったなら接種したいと考えていた。残念ながらツベルクリンは治療の効果がなく、結核の治療薬発見までには、まだなお三十数年の歳月を要した。

「花は木といふ木に皆よく咲いてゐたが、何となく寂しい色に見えた」

病身を押して人力車に乗って、上野公園に花見に行った啄木はそう述べている。

レモンサワーの氷が融けてカラリと音をたてた。友は言った。

「今年の桜の色は寂しかったね」

コロナに効く薬が見つかるのもそう遠くないように思い、「今度は会って飲みたいね」

と私は言い、オンライン飲み会を終えた。


（二〇二〇年五月十六日「みちのく随想」『岩手日報』掲載）

第四章　論考の部屋

論考　ふるさとは遠きにありて　～啄木の盛岡・渋民～

石川啄木は故郷への思いをたくさん歌に詠み、日記や手紙にも綴った。そこには故郷が美しく横たわっている。

だが、必ずしも歌に詠まれた故郷が、額面通り現実の故郷であったかは少々疑問ではある。なぜなら石を持て追わるるごとく故郷を出た、その時の心境さえ記録に残していないのだから。本稿では、啄木が遠く離れた地から見ていた盛岡時代と渋民時代を、その行動などから心の在り処を考察してみたいと思う。

明治四十年五月、故郷を出た啄木は函館、札幌、小樽、釧路を漂泊した後、翌年の四月に単身、船で上京。海路を選んだのは一木一草にも思い出のある所を、汽車の窓から見るだけでも堪えられなかったと述べている。①

船は横浜に着き、そこから汽車に乗り、新橋駅に降りた。そして人力車で緑の雨の中を千駄ヶ谷の与謝野家まで走らせた。そこに一週間ほど滞在した後、金田一京助と共に本郷区菊坂町の赤心館で、さらに四か月後、本郷区森川町の蓋平館に移り、翌年の六月には函館に残してきた家族を迎えて、本郷区弓町にある床屋の二階を借りて一家で暮らす。

こうして啄木が住んだ所には、共通点がある。上野駅にほど近く、その道程は下り坂。以前、私は啄木が暮らした本郷三丁目界隈から切通坂を下り、上野駅まで歩いたことがある。その時ふと、啄木の思いを確信したような気がした。「たとえ失意のうちに俯き加減に歩いたって、上野ステーションまでたどり着き、汽車に乗ればいつでも故郷へ帰ることができる。一本のレールで故郷と繋がっている所だ」ということを。啄木はそのような逃げ場所を心に秘めながら東京で暮らしていた。

故郷は遠きにあってこそ美しく、懐かしいもの。啄木は遠くから故郷をどのように見ていたであろうか。明治四十一年六月二日の日記には次のように記されている。

「堀田秀子さんから、紫インキで書いた手紙、予の教へた子らの消息がこよなく嬉しい。封じ込めたまるめろの花にも故郷の匂ひがする。あはれなつかしき渋民の閑古鳥！」②

渋民尋常高等小学校で代用教員をしていた頃に、子供たちと触れ合った思い出は、啄木にとって宝物であった。また盛岡時代の思い出として、明治四十一年九月十八日の日記に次のように記されている。

「小倉服を着て、春に驚き、秋に驚き、寝るも起きるも心のままに過した中学時代――四年五年は知識欲に渇して、手あたり次第に本を読み乍ら、独り高く恃してゐたもの。初恋の経験もその頃の事」③

そうした懐かしい故郷に対する思いは、もちろん啄木の心の全てではない。複雑な思い、解決できない思いもあっただろう。しかしそれら全てひっくるめて、啄木には引き付けて止まない故郷であったのだ。

　啄木をして天才と言わしめた理由の一つに、故郷が一番美しく見える距離感を体現したところにあるのかもしれない。

（二〇一六年四月十日　函館市文学館発行　石川啄木百三十年記念図録『啄木日記』掲載）

●参考文献

①『石川啄木全集　第四巻』「一握の砂」一五五頁（昭和五十五年三月十日　筑摩書房発行）

②『石川啄木全集　第五巻』二七七頁（一九九三年五月二十日筑摩書房発行）

③『石川啄木全集　第五巻』三三五～六頁（一九九三年五月二十日　筑摩書房発行）

●《切通坂と啄木歌碑》

論考　啄木、借金の言い訳

石川啄木が亡くなって百七年（二〇一九年時点）になる。亡くなって五十年後、函館図書館所蔵の啄木反故の中から啄木の借金メモが見つかった。その時、駆けつけた啄木の友人で言語学者の金田一京助は、借金を踏み倒して死んだ啄木を責めている啄木研究者たちを目の当たりにした。①

啄木の借金メモには、メモを書いたと思われる明治四十二年（一九〇九）六月から四年程前にまで遡って記されている。盛岡、渋民、北海道、東京というように啄木が辿った地域ごとにまとめられ、それぞれの地域で借りた人の名前と金額が記されている。この借金の合計は一、三七二円五〇銭。ちなみにこの頃の一円は現代に換算すると、一万円以上二万円以下。つまり、啄木の借金は一千万円～二千万円の間というところだろうか。

ちなみに主にお金を借りているのは、啄木の父、義兄、妻の実家からそれぞれ一〇〇円で、函館の友人であり、義弟の宮崎郁雨から一五〇円、金田一京助から一〇〇円、そして本郷の下宿「蓋平館」に滞納した下宿代が一三〇円となっている。

それにしても「なぜそんなにお金を借りたのか」と誰もが思うことだろう。それは満十九歳にして妻帯し、昔の家制度にならって長男である啄木が無職の両親を養わなければならない状況にあったことと、十分な収入がなかったためである、というのが平凡であるがそれが客観的事実だったようだ。

しかし啄木は次のような涙ぐましい言い訳をしている。例えば明治三十九年（一九〇六）四月二十三日、渋民尋常高等小学校で代用教員をしている時に、盛岡で米商を営む太田駒吉から借りた九円を返せない言い訳を「昨年の凶作の影響で村税の未納者が多く、村費が皆無のために俸給が村役場より出ない…。」もちろんこれは嘘である。②

そんな啄木にも借金返済の機会がやってきた。それは明治四十一年十一月一日から東京毎日新聞に小説「鳥影《ちょうえい》」が連載になった時で、一回の掲載につき一円の約束であった。十一月末、啄木は待ちかねていたかのように一か月分の原稿料、三十円をいただきに新聞社へ行った。それは上京以来初めての収入であった。そしてその足で北原白秋を訪ね、借金の一部を払い、さらに下宿している蓋平館に二十円、女中さんたちに二円をあげた。③

そのとき金田一京助は、それまで見たことがない啄木を見たのだった。

「借金というものは返せるものなんだなあ！　ハハハハハ…」

「借金を返すということは、良い気持ちなもんだなあ！」

と啄木は言ったという。金田一は言う。

「石川君の此のいつわらざる天真の声——其は一つの詩だった、創作だった。而もどの詩集にも歌集にも漏れている石川君不用意の突嗟《とっさ》の最も自然に発した自らの歌だった」

啄木の作品は全て用意された言葉で綴られているのであるが、借金を返した時の喜びの声は咄嗟に出たものであり、それを金田一は「不用意」と表現しているのは、云い得て妙である。実は啄木は以前、借金をするときの心境を次のような歌にしている。

何故かうかとなさけなくなり、
弱い心を何度も叱り、
金かりに行く。

そのような啄木を見てきた金田一であるがゆえ、啄木の喜びとは裏腹に、

「借金を返し得ずにいる苦しみを、ひとりでどんなに苦しんでいたかが、一度に思いやられて、私は覚えず笑を収めて闇然《あぜん》としたのであった」

と述べている。④

二十六歳二か月と言う短い生涯だったとは言え、借金は返さなければならない。どん

な理由があってもー。それを差し引いても、私は啄木に感動せずにはいられない。それは、啄木は自分の弱い心を見つめ、認めることができた人だ、ということ。そうして自分を客観的に見ることができたからこそ私たちが共感する歌を作ることができたのではないか。

再び冒頭の話になるが、金田一は啄木の借金表についてこう結んでいる。

「啄木は、払える機会が来たら払おうとしたから、一々これを書き並べているのだと、私には、この一枚の借金表に泣けたのである」⑤

啄木が借金表を書いたのは、東京朝日新聞社に校正係として採用され、月に三十円程の給料がもらえることが決まったことと、それを機に函館に残して来た家族が上京して一緒に住むことが決まった時であった。それは、啄木なりに将来の生活設計が出来、働いて返済する見込みがたち、明るい将来が見えたからであろう。つまり、借金表は再スタートの決意表明とも言えるのである。

そして私は思うのだ。人が最も輝いているときは、幸せや成功の絶頂にあるときではなく、むしろ自らの目標を見出したときなのではないかと。

（二〇一九年十二月　鉄道身障者福祉協会発行『リハビリテーション』掲載）

●参考文献

①『金田一京助全集　十三』二八四頁（一九九三年七月一日　三省堂発行）
②『石川啄木全集　第七巻』一一六頁（昭和五十四年九月三十日　筑摩書房発行）
③『石川啄木全集　第五巻』三六九頁（一九九三年五月二十日　筑摩書房発行）
④『金田一京助全集　十三』八二頁（一九九三年七月一日　三省堂発行）
⑤『金田一京助全集　十三』二八四頁（一九九三年七月一日　三省堂発行）

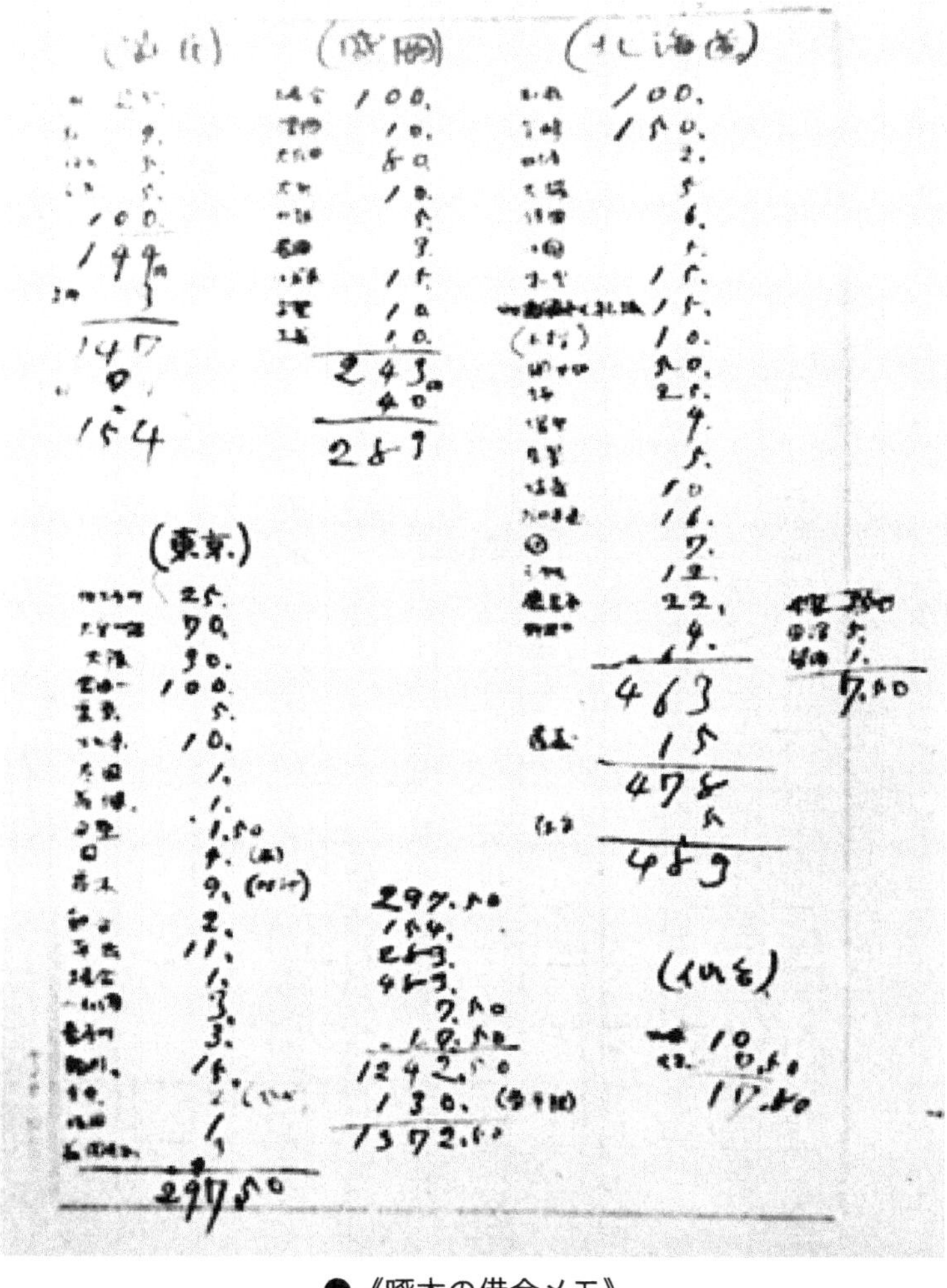

●《啄木の借金メモ》
（現代日本文学アルバム『石川啄木』学習研究社より）

論考　これも「一興」なり～花婿不在の結婚式～

花婿不在の結婚式

明治三十八年五月三十日、石川啄木と堀合節子の結婚の披露を執り行うべく、盛岡市帷子小路《かたびらこうじ》八番戸の家には両家の父母、親戚、友人らが集まり、気張った御馳走も用意されていた（堀合了輔著『啄木の妻　節子』による）。あとは花婿の啄木を待つだけだった。

啄木は詩集刊行を目的に前年の十月末に上京し、年明けて五月三日に処女詩集『あこがれ』を東京の書店で出版したばかりだった。

東京から盛岡に戻ってくるはずの啄木を盛岡の人たちは待っていた。

夕方、定刻が近づくにつれ、仲人を依頼されていた上野広一と佐藤善助は苛立ち、佐藤は汽車の到着時間を見計らって盛岡駅へ行き、啄木が汽車から降りて来たら捕まえようと待っていた。だが定刻になっても啄木は遂に現れなかった。

佐藤はいたたまれず、用事にかこつけて帰ってしまった。もう一人の仲人の上野は責任を感じて、すでに集まっている近親の人たちと話し合い、結局、陰膳《かげぜん》をすえてでも式を決行することになった。

上野は仲人の責任を最後まで果たそうと、祝辞を述べようとしたものの言い訳めいたような挨拶を述べ、ご馳走にもろくろく箸をつけることもできなかった。

一方、節子は落ち着いたもので、堂々と一人で式を挙げた、と語られている。


現代なら、例えば、インフルエンザで急遽出席できなくなったとか、子供の結婚を認められない親が出席しなかったという話は聞いたことがあるが、理由もわからずに花婿が出て来ない結婚式は前代未聞である。

花婿の啄木は一体、どこで何をしていたのだろうか――。何故に結婚式に姿を現わさなかったのだろうか――。

結婚式の日の午前十一時十五分、好摩駅から出したという啄木の葉書がある。それには次のように書かれてある。

「友よ友よ、生は猶活きてあり、／ 二三日中に盛岡へ行く、願はくは心を安め玉へ。」

結婚式に出席している人たちの憤慨ぶりを知っていての行動である。啄木は盛岡駅を素通りして好摩駅で降りたのである。その後の行動は不明だが、寺田（現八幡平市寺田）、大更（現八幡平市大更）の親戚を頼って、数日間を過ごしたと言われている。

ある仮説

花婿不在の結婚式についてあれこれ考えているうちに、私はある仮説を立てた。これまで花婿不在の結婚式について、啄木自身の言葉で語られたことはついぞなかった。

このため後世の人たちの間で、その空白を埋めるべく様々な仮説が生まれた。その一つに「啄木の父・一禎が住職を務めていた宝徳寺を罷免されたため、啄木は派手な行動を慎もうという考えで、結婚式に出なかった」という説がある。もしそうであれば、それはそれで素晴らしい理由だ。

だが、私は思う。何にも書かなかったのは、ばかばかしい理由であるため啄木自身説明がつかなかったからだ。

最初は故郷の人々と啄木のわずかなすれ違いからだ。思いは同じはずなのに…。

啄木と節子の結婚にあたっては両家が大反対したにも関わらず、いざ結婚を許すとなると結婚式へと急き立てる両家と故郷の人々。

これでは主役であるはずの自分が不在ではないかと啄木は考え、であればいっそのこと結婚式を欠席することを「一興」と考えてしまった節がある。

啄木は人生最大の汚点に対して言葉にすることすら憚られたのではないか。私は日記に記されなかった事の重要さに気づかせられたような気がするのである。

結婚までのいきさつ

啄木と節子が出会ったのは明治三十二年、共に満十三歳で、啄木は盛岡中学校二年生、節子も盛岡女学校の二年生に編入学した年であった。ふたりは共通の友人との交遊関係を通して急接近した。だが、自由恋愛は許されない時代。人目を憚りながら会わなければならない。両家の親にとってもふたりの交際は許されないことであった。一途な思いを通そうとするふたりは、新しい時代の先端を歩んでいた。

明治三十五年十月、啄木は中学校を退学し、詩人になるために上京した。そんな啄木を節子はうす紫色の着物を着て、盛岡駅の電信柱に隠れて見送った。その時の節子の姿を啄木は、「わが好む装ひしてあたゝかき涙にくれ玉ふ恋の心のたゞずまひ」（明治三十五年の日記『秋韷笛語』）

と述べている。

こうして二人は一旦、遠距離恋愛となるが、四か月程たった明治三十六年二月、啄木は病を得て、帰郷する。渋民村（現盛岡市）にある実家の宝徳寺で静養するのだが、盛岡にいる節子になかなか会うことができなかった。手紙のやりとりをしながら会うチャンスを待っていた。

年が明けて明治三十七年一月八日、啄木の友人の姉の葬儀が盛岡の龍谷寺で行なわれた。その葬儀に出席するために啄木は盛岡へ行った。その時に節子に会うチャンスがやってきた。葬儀終了後、啄木は結婚して盛岡にいる長姉の田村サダの家で節子に会い、将来を誓いあった。

二人の結婚には両家の親が猛反対していたが、石川家にはサダが、堀合家には節子の伯母の高橋ノシが説得にあたった。こうしてやっと両家が二人の結婚を認め、明治三十七年二月十四日に正式に婚約が整った。この日の日記に啄木は次のように記している。

「余がせつ子と結婚の一件また確定の由報じ来る。待ちにまちたる吉報にして、しかも亦忽然の思あり。ほゝゑみ自ら禁ぜず。友と二人して希望の年は来たりぬと絶叫す」

啄木は節子との結婚が決まり、絶叫する程喜んだのであった。

東京の啄木

婚約が整った年の十月三十一日、啄木は詩集を刊行するために上京した。年明けて明治三十八年五月三日に、東京の小田島書房から詩集『あこがれ』を出版した。

そうしている間に盛岡では、婚約してから一年が過ぎていることから、早く結婚式をあげなければならいと、準備を始めた。啄木が詩集を出したこのタイミングで――。啄木の父・一禎は新婚夫婦の住まいを決め、五月十二日に啄木と節子の婚姻を盛岡市役所に届け出た。そうして東京にいる啄木には早く盛岡に帰って来るように促したのだった。

しかし啄木はぐずぐずしているばかり。啄木は、東京に節子を呼んで、東京で暮らそうと考えていた――それはどこまで本心かわからないが、仲人の上野広一あての手紙に、

「家はもう見付けた、駒込神明町四百四十二番地の新しい静かな所、吉祥寺の側に候。ヒドクよい所に候。炊事係の婆さんも頼んで置き候。」

と書いて送っている。そしてまた、

「せつ子には御伝へ被下度候。天下の呑気男なる啄木の妻となるには、駒込名物の藪蚊に喰はれる覚悟で上京せなくてはならぬと。家の取片付け済み次第、せつ子を呼び寄せるつもりに候。ザット一週間の後ならむ。皆様にご心配かけたる段は真平御免、小生の呑気にもあきれ候。しかし之も一興也。」(明治三十八年五月十一日　上野広一宛書簡)

とも述べている。

「駒込名物の藪蚊」とは、江戸時代の川柳「じやと蚊の出るの八駒込の六月」から引用したのであろう。

啄木は節子と一緒になることを楽しみにしながらやっと詩集発行にこぎつけた。そして詩集が出来上った時、いよいよ節子と暮らす日が目前になった喜びをかみしめていたのである。

つまり啄木は啄木なりに結婚のタイミングを考えていたのである。

その頃、何ら仕事にも就いていない啄木は、詩集を出すことで一応の格好をつけられるわけで、そのタイミングで節子との生活を、と考えていたのではないか。その意味では結婚のタイミングは故郷の人々と啄木は一致していたはずだ。だが、わずかなすれ違いが大きな誤解を生み、やがて故郷の親友たちが啄木から離れて行ってしまうことになるのである。

そんな時に盛岡からの「結婚式を開く」との性急な便り——啄木としても「心配ご無用」という心境だったのであろう。

この時すでに結婚式を欠席することを「一興」と決め込んでいた啄木に対して、東京にいる心優しい友人、知人たちは旅費として十円をこしらえて啄木に渡した。そして、上野駅から汽車に乗せて盛岡へ向かわせたのである。ちょうど、仙台の医専薬学科を受験する友人が、仙台まで啄木に同行した。

五月二十日の夕方、仙台に着くと、啄木は土井晩翠に会いたいというので一時下車を認められた。そして翌日、友人らに見送られて仙台を発ったのだが、啄木はひそかに途中から引き返し、再び仙台にもどってしまった。そして仙台医専に学ぶ友人たちに会い、広瀬河畔の土井晩翠の家を訪問するなどして、十日ばかりを仙台で過ごした。

あとのまつり

結婚式が済んで、上野広一と佐藤善助は節子を招いて、「結婚を思いとどまってはどうか」と述べた。それに対して節子は、「書面で返事をする」と言って、六月二日、次のように書いている。

『吾れは啄木の過去に於けるわれにそゝげる深身の愛、又恋愛に対する彼れの直覚を明せんとて、今此の大書状を君等の前にさゝぐ。此の書は三十六年彼れ病をおうて帰りし当時、ある人の中傷より私外出を止められ、筆とることさへ禁ぜられたる時、吾にあたへし処に候、願はくば此の書に於て過去二三年の愛を御認め下され度候。吾れはあく迄愛の永遠性なると言ふ事を信じ度候。……

明治三十八年六月二日　　節　拝

御両兄様　御許に

心乱れ候折柄乱筆御ゆるし下され度候』（明治三十八年六月二日　上野広一・佐藤善助宛節子書簡より）

啄木を心から信頼していた節子であった。

一方啄木は、結婚式も終わった六月四日、どうしました？　とばかりにひょっこり盛岡に現れた。そして節子と共に上野広一と佐藤善助に呼びだされ、事の顛末を聞かされた啄木――「一興」のつもりが、取り返しのつかない事態を招いてしまったのだ。当然の成り行きとして上野と佐藤は啄木に「絶交」を言い渡した。

あまりにも身勝手だった自分を恥じたのか啄木は東京生活をあきらめ、父の薦めに素直に従った。

あとのまつりである。何ら弁解の余地もなく、若気の至りだった。苦い思い出とともに結婚生活をスタートさせた啄木がいた。

まとめ

啄木は嘘が苦手だったに違いない。啄木は自身の発した言葉をいちいち振り返らずにはいられない性分だった。言葉を換えれば常に自分を客観視することができた人でもあった。それだけに花婿不在の結婚式については、啄木自身の申し開きができない出来事であったにちがいない。結局、書きたくないことは書かなかった。これは啄木作品を理解する上でも大切なことではないかと、私は思うのである。

●参考文献
堀合了輔著『啄木の妻　節子』五七頁〜六〇頁(昭和五十四年一月三十日洋々社発行)
『石川啄木全集　第五巻』三六九頁(一九九三年五月二十日　筑摩書房発行)
『石川啄木全集　第七巻』一一六頁(昭和五十四年九月三十日　筑摩書房発行)

●《啄木と節子、婚約写真》
（『啄木写真帳』画文堂より）

●《啄木新婚の家》

●《詩集『あこがれ』》

論考　啄木と智恵子～オーロラの友情～

オーロラの友情

君に似し姿を街に見る時の
こころ踊りを
あはれと思へ

これは啄木の代表作『一握の砂』に記された一首である。あこがれていた女性を思慕する歌であることは疑いもない。しかしここで私は敢えて「オーロラの友情」と名付けたい。「男女の友情」と言うといぶかる人も多いかもしれない。男女の間であれば幾ばくか異性を意識せざるを得ないと普通は考える。その意味で読者の皆さんの期待を裏切るようなお話になるかもしれない。

追われるように故郷を離れた啄木が、函館の弥生尋常小学校に勤めていた橘智恵子と偶然に出会い、一瞬にしてお互いに感ずるものがあったのであろう。それは恋愛に似た感情だったかもしれないし、あこがれに近いものだったかもしれない。
出会ったその頃はほとんど話すこともなかったのだが、啄木がやむなく函館を離れることになった時から、お互い別々の場所で、別々の年月を経る中で相手を思いやり、ある時は精神的支えとなっていた。

智恵子と別れて三年が過ぎた明治四十三年十二月、啄木は歌集『一握の砂』を発行した。その中に智恵子を詠める歌二十二首を収めた。その中の一首が冒頭の歌である。

後世の人々は、啄木が智恵子に一方的に想いを寄せていたと語る。確かに智恵子は啄木に大きな影響を与えた。だが、智恵子にとっても、啄木は影響を与えたのは確かだ。二人が抱いていた想いは一言では表現できないように私は感じていた。そのため、冒頭で申し上げた「オーロラの友情」であるが、「オーロラ」はご存じのとおり、特別の条件が重なって出来る光の現象からとったものだ。では、その「特別な条件」とはいったい何だったのか、啄木と智恵子の出会いのシーンから探ってみたい。

出会いと別れ

啄木と橘智恵子の出会いは、明治四十年六月のことであった。

出会った当時の智恵子は満十八歳で、前年の明治三十九年から函館弥生尋常小学校に勤務した。その翌年の明治四十年五月、啄木は故郷を去って函館に赴き、六月十一日から函館の弥生尋常小学校の代用教員となった。当時の女性教師について啄木は痛烈に描写している。

興味をそそられるのでその一部を紹介すると、

「女教師連も亦《また》面白し。遠山いし君は背高き奥様にて煙草をのみ、日向操君は三十近くしての独身者、悲しくも色青く痩せたり。女子大学卒業したりといふ疋田《ひきた》君は豚の如く肥り熊の如き目を有し、一番快活にして一番「女学生」といふ馬鹿臭い経験に慣れたり。森山けん君は黒ン坊にして、渡部きくゑ君は肉体の一塊なり。世の中にこれ程厭な女は滅多にあらざるべし。高橋すゑ君は春愁《しゅんしゅう》の女にして、」

そして続けて智恵子についての印象を、「橘智恵君は真直ぐに立てる鹿ノ子百合《かのこゆり》なるべし」と日記に記し、明らかに啄木は他の女性教師とは別格だと思ったのは確かだ。

二か月余りが経った八月二十五日、函館大火があった。市の三分の二が焼け、啄木が勤めていた小学校も焼けてしまった。啄木は弥生尋常小学校を辞めて、札幌へ行くことを決意し、大竹校長の家へ退職願いを持って行った。その時、そこに智恵子もいて、啄木は初めて智恵子と会話をした。

智恵子は札幌の出身で、家では林檎農園を営んでいた。啄木はこれから行こうとしている札幌のことを考え、興味深く智恵子の話に耳を傾けた。

その翌日、啄木は自ら著した詩集『あこがれ』を持って、谷地頭の智恵子の下宿を訪ねた。

その詩集に、「わかれにのぞみて／橘 女史 に捧ぐ／四十年九月十二日」と記し、「啄木」という大きな四角の朱色の印を押した。

その時に智恵子と話したのが二度目で、生涯、啄木と智恵子が話をしたのはたった二度だった。しかし、大きな火災を共に経験したことも、「同志」とでも言えばいいのだろうか——災害は人と人との結びつきを強くするのだろう。私には啄木は智恵子に対し今生の別れとでも言うべきドラマティックにして切ない感情が沸き起こったのではないかと思えるのだ。

後ろ髪を引かれながら九月十三日、午後七時の汽車に乗って、啄木は札幌へ向かった。

東京時代の啄木

啄木は函館から札幌へ行き、さらに小樽、釧路と漂泊し、明治四十一年四月末には単身、上京した。母と妻子は函館の友人に託して来た。

小説を書こうと思って上京した啄木だったが、小説よりも歌が湧くように出来た。また、多くの交友関係ができ、特に与謝野鉄幹・晶子や森鷗外が主催する歌会で知り合った北原白秋、吉井勇、平野万里、伊藤佐千夫ら詩人、歌人と親しく交流した。

また、頻繁に啄木の下宿を襲う植木貞子と交遊し、歌の指導を通して大分の菅原芳子、平山良子（本名・平山良太郎）と文通もしたが、いずれも短い期間で終わる。後に、その頃を振り返って啄木は次のように日記に書いている。

「赤心館にいたひと夏！　それは予が非常な窮迫の地位にいながらも、そうしてたとい半年の間でも家族を養わねばならぬ責任から逃れているのが嬉しくて、そうだ！　なるべくそれを考えぬようてして「半独身者」の気持ちを楽しんでいた時代であった。その頃関係していた女をば、予は間もなく捨ててしまった。――今は浅草で芸者をしている。いろいろのことは変わった。予はこの一年間に幾人かの新しい友を得、そうして捨てた…」（明治四十二年四月二十一日の日記より）

啄木の東京生活も九か月が過ぎ、智恵子と函館で別れて一年半が過ぎた明治四十二年一月五日、智恵子から手紙が来た。その頃の智恵子は、前年に故郷の札幌に戻り、母校の小学校の訓導となっていた。

手紙には「函館時代こひしく谷地頭なつかしく」と書いてあった、と啄木は日記に記している。啄木もまた「げになつかしいたよりではあつた」と記している。

それから間もなく、智恵子は肋膜炎を患い、札幌の小学校を退職し、病気治療に専念した。智恵子に代わって智恵子の母親から啄木へ、智恵子の病状を伝える手紙があり、啄木は何かに突き動かされるように智恵子の母親に見舞いと励ましの手紙を出した。

上京して以来の啄木は、理想と現実のはざまで苦悩し、死ぬことさえも何度も考えた。だが、年の初めに智恵子からきた手紙とそれに続く病状を伝える母親からの手紙で、啄木は「真直ぐに立てる鹿ノ子百合」のような智恵子が俄《にわ》かに萎《しぼ》んでゆきそうに思えた。それはとても容認できることではない。自分が励まさねば…。その中で啄木は誰かのために役立つ生きがいのようなものを見出したのかもしれない。智恵子もまた病室で母親から読み聞かされた啄木からの返信の手紙が励みになり、精神的支えとなって、病を克服することができたのかもしれない。

言い換えれば、生きるために励まし合う「同志」のような関係だったのではないかと思われる。

既読スルーとローマ字日記

四月七日、智恵子本人から葉書があった。「病気が治って、先月二十六日に退院した」というお知らせが書いてあった。

偶然にも、この日から啄木はローマ字日記を書き始めた。否、偶然だろうか。智恵子の退院の知らせで、啄木は智恵子を励ます任務を終えた。その安堵感が啄木の心のベクトルを自らの内面にむかわせたのかもしれない。そして今度は「自分の一切をよく考えよう」と、ローマ字日記を書き始めたのではないか。

その間二か月、ほとんど会社を休み、智恵子との交流さえも絶つのである。智恵子からきた葉書にも返事を出さぬまま――。

智恵子は病気の時にあんなに励ましてくれた啄木からの便りが途絶えたことを不思議に思い、啄木に手紙を出した。

「函館にてお目にかかりしは僅かの間に候いしがお忘れもなくお手紙……お嬉しく――この頃は外を散歩するくらいに相成候…昔偲ばれ候…お暇あらばハガキなりとも――」

この葉書にも、啄木は返事を出さなかった。今で言えば「既読スルー」である。

既読スルーから二か月程経って、ようやく啄木は智恵子に葉書を書いた。それには次のように書かれてあった。

「退院のお知らせの御葉／書についでの何日ぞやの／お手紙、お喜びも申し上げ／ずに日夕を過し候ふうち／に胃腸を害して恰度／四週間の病院生活を致／し、一昨日退院致候、東／京は最早スッカリ夏、／退院した晩ウツカリして／寝冷えをして昨日今日／

風邪の気味、身心の衰弱／にボーッとした頭は、しきりに／過ぎし日など思浮べ候、御／身は最早や全く健康／を恢復せられ候や」

この葉書の中にある「胃腸を害して恰度四週間の病院生活を致し」という部分は偽りである。だが、闇の中にいた二か月間は、啄木にとっては入院をしていたと同様であったのだ。

啄木はどのようにして闇の中から這い上がったのか――それは函館にいる家族の上京の知らせがあり、その現実を受け入れざるを得ない状況になったためである。もう迷っていてはいられないのである。そして、啄木は家族のために生きなければならない。その時に、啄木はローマ字日記の執筆を終えた。

なぜ啄木はローマ字で日記を書いたのか――それには家族と関りがあるように思われがちだが、智恵子の退院の知らせを受取った日からローマ字日記が始まり、二か月後に啄木が智恵子へ返信を書くことでローマ字日記を終えていることを考えると、ローマ字日記は智恵子と深い関りがあることが見えてくる。

智恵子という今生の別れのようなドラマティックなヒロインへの「あこがれ」、そして刹那の感情の中に閉じ込めた「理想」があり、やがてそれは自らの内面を見つめながら灯のように消え、深い海の底に沈み、その後「家族」という「現実」と向き合い、初めて「あこがれ」と決別する。

その後の啄木は家族を迎え、智恵子もまた間もなく北村牧場主の北村謹と出会い、翌年の九月に結婚した。

歌集『一握の砂』に閉じ込めた思い

明治四十三年十二月一日、啄木は歌集『一握の砂』を出版する。その中に冒頭の歌を含め智恵子を詠んだ歌二十二首を収めた。啄木は智恵子との交流によって、「友情をほんの少し越えた思い」を抱いたと共に変わらぬ「あこがれ」の思いを忘れてはいなかったのだ。つまりは、これら智恵子への歌は、啄木が辿り着いた一つの文学的な境地だったのではないか。それが色褪せぬようにするために、歌集『一握の砂』という真空な硝子の箱に閉じ込めたのではないかと私は思っている。

啄木は智恵子の実家に、ときめきの中、歌集を送った。智恵子が北村へ嫁いだことを知らずに。やがて実家から転送されて、智恵子の許に歌集が届いた。同時に啄木の葉書も。その葉書には次のように書かれてあった。

「心ならぬ御無沙汰のうちにこの年も暮／れむといたし候、雪なくさびしき都の冬／は夢北に飛ぶ夜頃多く候、数日前歌の／集一部お送りいたせし筈に候ひしが御落／手下され候や否や、そのうちの或るところに／収めし二十幾首、君もそれとは心付給／ひつら／む、塵埃の中にさすらふ者のはかなき心なぐさみ／をあはれとおぼし下され度候、おん身にはその後／いかゞお過し遊ばされ候ひしぞ／あと七日にて大晦日といふ日の夜」

この葉書の中で「君もそれとは心付給ひつら」と「（さ）すらふ者のはかなき心なぐさみをあはれとおぼし下され」の部分に智恵子の手によって紙が貼られてあった。隠された部分が明らかになったのは、智恵子が亡くなった後、智恵子の兄が剥がしたことによる。

なぜ、智恵子は紙を貼ったのか、紙を貼ってまでも大切に保管していたのはなぜか――そこには智恵子の女心が見え隠れする。もしも啄木からの手紙が知れたならば、夫婦間に隙間風が吹いたに違いない。もちろん、思い切って捨ててしまうという選択肢もあったはずだ。しかし、啄木と交わした手紙に智恵子は心のときめきがあり、そのことによって生きる力を得たことを、感謝の気持ちと共に心に閉まっていたのであろう。智恵子にとってそれは到底忘れることができなかったのだろう。だから紙を貼ることによって智恵子も自らの感情を閉じ込め、そして、誰にも知られぬように隠しておくことにした――。

年明けて明治四十四年一月の年賀状で、智恵子は結婚したことを啄木に告げ、歌集のお礼にバターを贈った。

その後の智恵子は二男四女を出産するが、大正十一年、最後の出産をした後、産後の肥立ちが悪く、十月一日に亡くなった。享年三十四才であった。

おわりにあたって

啄木と智恵子の魂の交流は、様々なことを示唆しているように思う。つまり函館の大火から生き延び、その共感の中で生き、お互いに生きる力を得た。そしてお互いを励ましあうことでもう一度輝きを得たと考えると、人は支え、支えられて生きているということを私はつくづく感じる。

啄木と智恵子の恋と友情のはざまの「想い」は、お互いの立場を尊重しつつ、そのときめきの中で真空状態で閉じ込めた「感情」である。そしてそれぞれ、啄木は歌という手段で、智恵子は送られた啄木の歌集を人知れず隠すことで「真空状態」を作り出したのだ。そう、それは自然界で言えば、ある特定の条件、地域でしか存在しえないオーロラのような色と光を放っているように思う。それが後世の私たちを魅了している気がしてならない。

以上が啄木と智恵子の物語である。

さて、読者の皆さん、最後に「智恵子を詠める歌」を紹介する。啄木が百年以上も前に真空状態で閉じ込めた感情を、文学的境地を味わっていただければ幸いである。

橘智恵子を詠める歌（歌集『一握の砂』「忘れがたき人人二」二十二首より）

いつなりけむ／夢にふと聴きてうれしかりし／その声もあはれ長く聴かざり
頬《ほ》の寒き／流離《りうり》の旅の人として／路問《みちと》ふほどのこと言ひしのみ
さりげなく言ひし言葉は／さりげなく君も聴きつらむ／それだけのこと
ひややかに清き大理石《なめいし》に／春の日の静かに照るは／かかる思ひならむ
世の中の明るさのみを吸ふごとき／黒き瞳の／今も目にあり
かの時に言ひそびれたる／大切の言葉は今も／胸にのこれど
真白なるランプの笠の／瑕《きず》のごと／流離の記憶消しがたきかな

函館のかの焼跡《やけあと》を去りし夜の／こころ残りを／今も残しつ
人がいふ／鬢《びん》のほつれのめでたさを／物書く時の君に見たりし
馬鈴薯《ばれいしょ》の花咲く頃と／なれりけり／君もこの花を好きたまふらむ
山の子の／山を思ふがごとくにも／かなしき時は君を思へり
忘れをれば／ひよつとした事が思ひ出の種にまたなる／忘れかねつも
病むと聞き／癒えしと聞きて／四百里《しひゃくり》のこなたに我はうつつなかりし
君に似し姿を街に見る時の／こころ踊りを／あはれと思へ
かの声を最一度聴かば／すつきりと／胸や霽《は》れむと今朝も思へる
いそがしき生活《くらし》のなかの／時折のこの物おもひ／誰のためぞも
しみじみと／物うち語る友もあれ／君のことなど語り出でなむ
死ぬまでに一度会はむと／言ひやらば／君もかすかにうなづくらむか
時として／君を思へば／安かりし心にはかに騒ぐかなしさ
わかれ来て年を重ねて／年ごとに恋しくなれる／君にしあるかな
石狩の都の外の／君が家／林檎の花の散りてやあらむ
長き文／三年《みとせ》のうちに三度《みたび》来ぬ／我の書きしは四度《よたび》にかあらむ

●参考文献
『石川啄木全集　第五巻』（一九九三年五月二十日　筑摩書房発行）
『石川啄木全集　第七巻』（昭和五十四年九月三十日　筑摩書房発行）
岩城之徳著『啄木全歌評釈』（一九九三年四月十五日　筑摩書房発行）

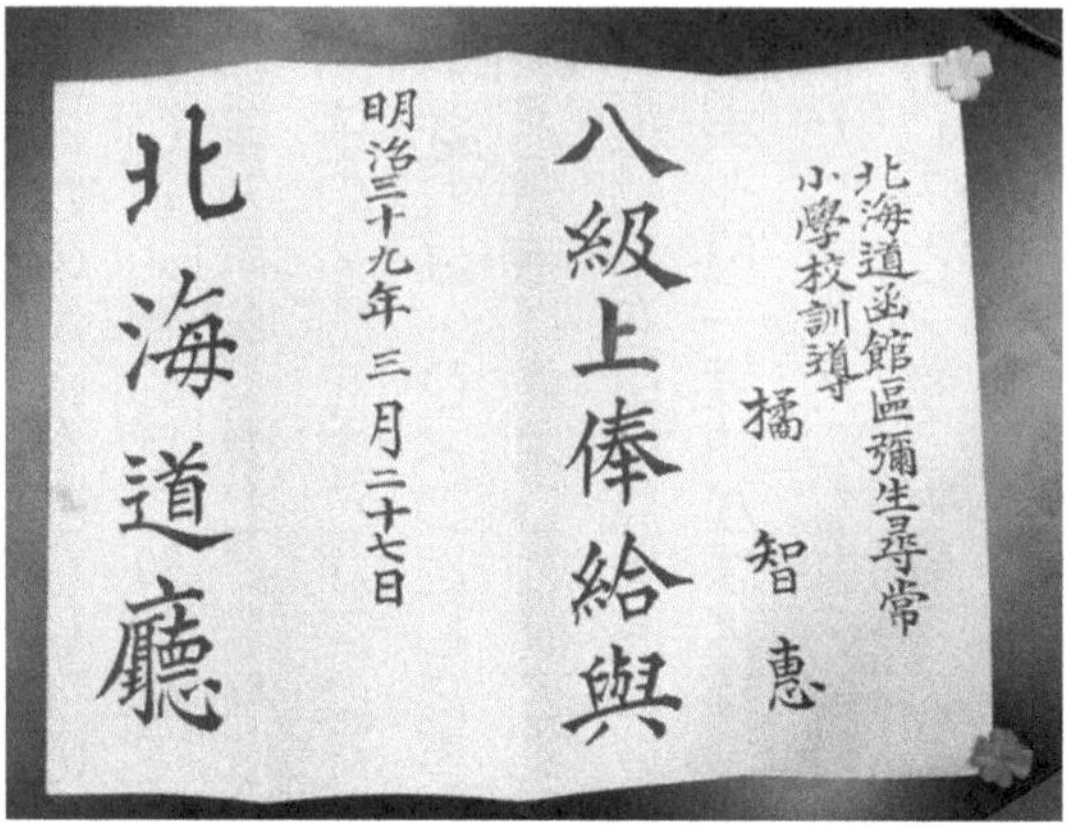
北海道函館區彌生尋常小學校訓導
橘　智惠
八級上俸給與
明治三十九年三月二十七日
北海道廳

●《弥生尋常小学校の訓導となった辞令書》
（脇田千春氏より提供）

●《橘智恵子のご親族（兄・儀一氏の結婚式当日）》
※千恵子は前列右端、前列知恵子の隣が智恵子母、前列左から２番目が智恵子父、智恵子の後ろ北村謹（智恵子夫）
（脇田千春氏より提供）

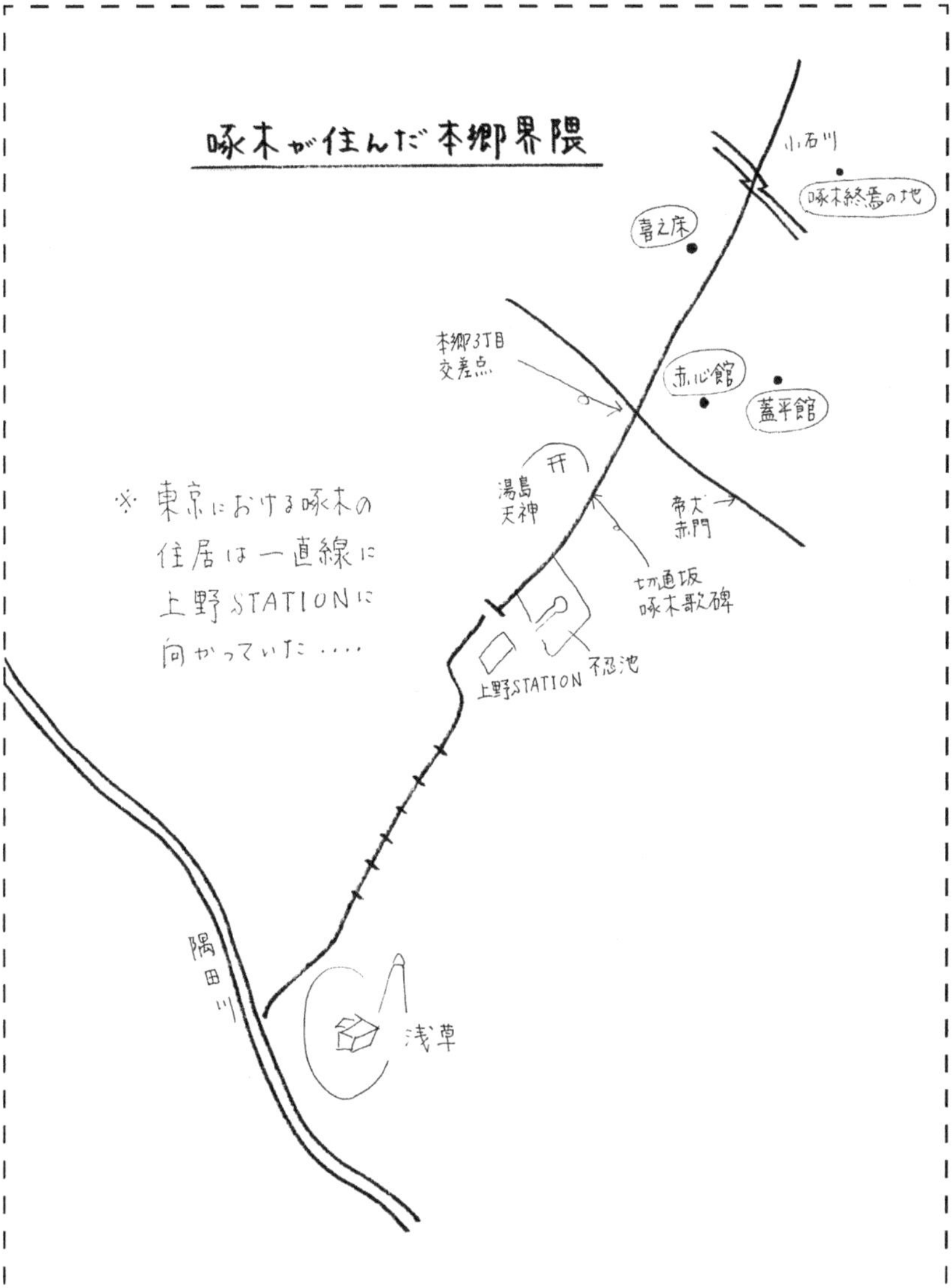
啄木が住んだ本郷界隈
小石川
啄木終焉の地
喜之床
本郷3丁目
交差点
赤心館
蓋平館
湯島
天神
帝大
赤門
切通坂
啄木歌碑
※東京における啄木の
住居は一直線に
上野STATIONに
向かっていた….
上野STATION
不忍池
隅田川
浅草

啄木年譜

♣明治一九年（一八八六）

二月二〇日　岩手県南岩手郡日戸村（現　盛岡市日戸）の常光寺に父石川一禎、母カツの長男として生まれる。姉にサダ、トラがいる。一禎は同寺二十二世住職。

♣明治二〇年（一八八七）

三月三〇日　一禎が北岩手郡渋民村（現　盛岡市渋民）の宝徳寺住職となり、転住。

♣明治二一年（一八八八）

一二月二〇日　妹光子が生まれる。

♣明治二四年（一八九一）

五月二日　学齢より一年早く渋民尋常小学校に入学し、四年間学んだ。首席の成績で「神童」と呼ばれた。

♣明治二五年（一八九二）

四月一日　堀合節子、盛岡第一尋常小学校（現 盛岡市立仁王小学校）に入学。

♣明治二八年（一八九五）

■三月　渋民尋常小学校卒業。■四月二日　盛岡高等小学校（現盛岡市立下橋中学校）に入学。

♣明治二九年（一八九六）

■三月二三日　堀合節子、盛岡仁王尋常小学校卒業。■四月一日　堀合節子、盛岡高等小学校に入学。

♣明治三〇年（一八九七）

■六月三〇日　受験勉強のため学術講習会（後に江南義塾と改称）に通う。

♣明治三一年（一八九八）

■四月二五日　盛岡尋常中学校（後に盛岡中学校と改称。現盛岡第一高等学校）に入学。百二十八名中十番の成績だった。同中学校で教師・大井蒼梧、先輩・野村長一、金田一京助らの影響を受け、文学への傾斜を深める。

♣明治三二年（一八九九）

■三月二四日　堀合節子、盛岡高等小学校卒業。■四月一日　堀合節子、私立盛岡女学校二年に編入学。

♣明治三四年（一九〇一）

■三月一日　中学三年次の学年末、ストライキ事件起こり、啄木も参加した。

♣明治三五年（一九〇二）

■一月二九日　八甲田山雪中行軍の遭難事件が起こる。ユニオン会のメンバーはそれを報ずる「岩手日報」号外を街頭で売り、その益金を足尾銅山の鉱毒水に悩む農民に義援金として送った。■一〇月一日「明星」第三巻第五号にはじめて短歌一首「血に染めし歌をわが世のなごりにてさすらひここに野にさけぶ秋」が白蘋《はくひん》の筆名で掲載される。■一〇月二七日　盛岡中学校を退学。■一〇月三一日　友人や恋人の堀合節子に見送られて上京。■一一月九日　新詩社の集まりに出席し、はじめて与謝野鉄幹に接す。

♣明治三六年（一九〇三）

■二月二六日　父に迎えられて東京を出発。翌日、故郷の寺に病身を養う。帰郷後も与謝野鉄幹の励ましを受けていた啄木は、『明星』に短歌を発表し続ける。■一二月一日『明星』卯歳第十二号に「愁調」と題した啄木の詩が五篇が載り、新詩社内外の注目を集めた。それまで「白蘋」の筆名を使っていた啄木は、このとき初めて「啄木」のペンネームで作品を発表したのである。■雅号の由来については「岩手日報」に掲載されたエッセイ「無題録」の中に語られている。「…窓前の幽林坎々《ゆうりんかんかん》として四季啄木鳥《きつつきどり》の樹杪《じゅびょう》を敲《たた》く音を絶たず閑静高古の響、真に親しむべし。…常に之を聞いて以て日夕の慰めとしぬ。…時に寒林を洩るゝ音あり、近くまた遠く、風に従って揺曳《ようえい》する坎々の響、忽然《こつぜん》として予また幻想に酔ふが如く、…題して『啄木鳥』と云ふ一篇のソネットは此際に成りたる者なり。…」

♣明治三七年（一九〇四）

■一月一四日　堀合節子との婚約が整う。

♣明治三十八年（一九〇五）

■三月　一家は宝徳寺を退去して渋民村内の家へ転居した。そのころ啄木は東京牛込区で過ごしていたが、故郷からの便りで父が住職を罷免されたことを知る。■五月三日　小田島書房より処女詩集『あこがれ』刊行。■五月一二日　啄木の父によって啄木と節子の婚姻が盛岡市役所に届け出られる。■六月四日　盛岡市帷子小路八番戸で新婚生活が始まる。■六月二五日　盛岡市加賀野磧町四番戸に転居。■九月五日　自ら編集にとなって、文芸雑誌「小天地」第一号発行。「小天地」は啄木が地方にいながらにして文学活動をしようとする第一歩であったが、図らずも資金難により創刊号のみで終わった。

♣明治三九年（一九〇六）

■三月四日　母と妻と共に渋民村に帰り、斉藤佐五郎宅に寄寓する。■四月一一日　渋民尋常高等小学校の代用教員となる。■一二月二九日　長女京子生まれる。

♣明治四〇年（一九〇七）

■五月四日　渋民を離れる。母を渋民村武道の知人に、妻子を盛岡の実家に托して、啄木は妹の光子と共に函館へ向かった。■五月五日　函館に到着。苜蓿社の人々に迎えられる。移住後、文芸雑誌「紅苜蓿」の編集に携わる。■六月一一日　函館の弥生尋常小学校代用教員となる。月給十二円。小学校には訓導として橘智恵子がいて、啄木は秘かにあこがれの念を抱いた。■七月七日　故郷に残してきた妻子が来函。母は八月四日に来て、ようやく家族揃って暮らし始めた。■八月一八日　函館日日新聞社の従軍記者となり、意欲的な活動が開始された。■八月二五日　函館大火で勤め先を失う。■九月一三日　函館を去って札幌へ向かう。一六日から北門新報社に校正係として勤務。■九月二七日　北門新報社を辞して小樽へ向かう。■一〇月一日　小樽日報社に勤務。野口雨情（本名　英吉）と共に三面を担当する■一二月二一日　社内の内紛に巻き込まれ小樽日報を退社。啄木が職を失ったことにより、一家は窮乏を極めた。

♣明治四一年（一九〇八）

■一月一三日　釧路新聞社入社の件が決まる。■一月一九日　家族を残して小樽を出発。■一月二二日　釧路新聞社に勤務。■四月五日　啄木は忽然と釧路を去り、海路函館へ向かった。宮崎郁雨に会って将来を話し合い、創作活動の基礎を築くため単身、東京へ行くことが決まる。■四月二四日　家族を宮崎郁雨に托して再び三河丸で海路上京した。■四月二八日　東京千駄ケ谷の新詩社へ行き、与謝野寛・

晶子夫妻と再会し、しばらく滞在。また、金田一京助に会って旧交を温める。■六月二四日　国木田独歩が前夜、亡くなったことを知る。■九月六日　金田一京助の厚意で下宿先を本郷の蓋平館別荘に移す。■一一月一日　小説「鳥影」が「東京毎日新聞」に連載される。■一一月五日「明星」百号にて終刊。■一二月　平野万里と「スバル」創刊号の準備にあたる。誌名は森鴎外の意見による。

♣明治四二年（一九〇九）

■一月一日「スバル」創刊。啄木は発行名義人。■二月二四日　東京朝日新聞の校正係として採用が決まった。同社編集長で、盛岡出身の佐藤真一の厚意によるものだった。給料は二十五円のほかに夜勤一夜一円づつで都合三十円以上の約束だった。啄木は早速、北原白秋のもとへ駆けつけて採用を報せ、共に黒ビールで祝杯を上げた。■三月一日　朝日新聞社に出社。■四月七日　ローマ字日記を書き始める（六月一六日の事まで記録）。■六月一六日　函館に残してきた家族を東京に呼び寄せ、本郷弓町で床屋や家業とする新井こう方二階二間で暮らす。■一〇月二日　節子、京子を連れて盛岡の実家に帰る。義母との確執から生ずる精神的苦悩が原因。■一〇月二六日　節子、啄木のもとへ戻る。金田一京助と新渡戸仙岳の尽力による。

♣明治四三年（一九一〇）

■七月一日　麹町の胃腸病院に入院中の夏目漱石を訪問。七月五日　再度漱石を訪問し、『ツルゲーネフ全集』第五巻を借りる。■八月二三日「東京朝日新聞」文芸欄に東大哲学科出身の批評家・魚住折蘆（影雄）の「自己主張の思想としての自然主義」と題する論文が掲載された。これに対して啄木は「時代閉塞の現状」と題して反論を書いた。■九月一五日「東京朝日新聞」に朝日歌壇が設けられ、啄木がその選者に抜擢される。上司の社会部長・渋川柳次郎の推薦によるもので、この日から翌年二月二十八日までの八十二回担当した。■一〇月四日　節子が長男・真一を分娩。東雲堂書店から原稿料二十円もらう。当初、歌は一行書きであったが、十月に入って三行書きに改め、題名も「仕事の後」から「一握の砂」と改められた。■一〇月二七日　真一死亡。生まれて二十四日目だった。葬儀の日、歌集の校正が刷り上がり、啄木は夭折した我が子を詠んだ歌八首を追加。■一二月一日　歌集『一握の砂』刊行。序文は薮野椋十（渋川柳次郎）。

♣明治四四年（一九一一）

■二月四日　慢性腹膜炎と診断され、東京帝国大学付属医院青山内科に入院。■六月一五日　この日から一七日にかけて、詩集「呼子と口笛」の出版を計画するが、未完成に終わる。■八月七日　小石川区久堅町へ転居。■九月三日　家庭のトラブルがもとで義弟の宮崎郁雨とも義絶した。一家の生計は苦しくなり、間もなく啄木は節子に家計簿をつけることを命ずる。

♣明治四五年（一九一二）

▪一月二三日　母の肺結核が判明。▪三月七日　母カツ死去。享年六十六歳。

▪四月一三日　午前九時三十分、父一禎、妻節子、友人の若山牧水に看取らて啄木死去（享年二十七歳）。一五日、東京浅草の等光寺で葬儀を営む。

▪六月一四日　啄木の死後、結核療養のため五月二日に房州に移った妻節子は療養先で次女・房江を分娩。▪六月二〇日　すでに東雲堂書店と契約が交わされていた第二歌集が出版された。題名は土岐哀果によって『悲しき玩具』と命名された。

▪九月四日　妻節子、二人の遺児を連れて函館の実家に帰る。

♣大正二年（一九一三）

▪三月二三日　節子の意思で啄木の遺骨は函館立待岬に埋葬。

▪五月五日　妻節子、函館の病院にて死去（享年二十八歳）。

おわりに

啄木のトレビアンなお話、如何でしたでしょうか？「トレビアン」とはフランス語で「素敵（＝すばらしい）」という意味があります。啄木の素敵なお話を私自身のために作ったのですが、せっかくなので皆様にご紹介し、楽しんでいただきたく、このような本を作りました。

この本を作るきっかけになったのは、毎週土曜日の朝、ＩＢＣラジオで放送しています「石川啄木うたごよみ」という番組の中で、数年前にリスナーの方から「本にしては如何ですか？」というお便りがあり、その頃から考え始めました。ちょうど今年は番組が始まって十周年を迎えましたので、本を出す機会と思いました。

本を出すからには、私の好きなような本にしたいと思いました。売ることや売れることと、本の形式に拘らず、読者の皆さんが自由に啄木のことを考え、遊んでくだされば、と思いました。

本は「第一章　トリビアの部屋」「第二章　ストーリーの部屋」「第三章　エッセイの部屋」そして「第四章　論考の部屋」の四つの構成になっています。すべてトレビアンなお話になっています。

その中で「トリビア」と言いますのは、番組のコーナーにもありますが、「雑学」という意味です。クイズ形式で出題しております。また、「エッセイ」と「論考」は私が新聞や文芸誌等に掲載したり、講演でお話した内容を活字にしたものです。

ここで「ストーリーの部屋」について少し説明したいと思います。こちらは啄木の資料を基にして作った小説です。啄木の詩歌、日記、書簡、エッセイ、論文などはすべてそのままで十分に面白いのですが、資料と資料を繋ぐストーリーを考えることもとても楽しく、私はいつも空想してひとり楽しんでおりました。そしてどなたか、資料にない部分を創作して、小説にしてくれる人はいないだろうか、とずっと待っていました。

しかし、啄木の資料は小説よりもあまりにも「奇」で、いままでもいくつもの小説や戯曲が出されましたが、どうしても資料に縛られてしまい、本当の啄木の魅力が見えてこないように思いました。あるいは資料を無視し、興味本位で作られ、全く人格の違う啄木が描かれてしまうこともありました。

私が望むのは、啄木の本当の魅力に気づかせられるような小説です。でも、なかなかそのような小説に出会うことができない――それならばいっそのこと私が書こうと思い、挑戦いたしました。

啄木を知るには、資料だけでは真の啄木像を知ることはできません。資料にない部分は推理して、真の啄木像をつかむことができることを教えてくださったのは、啄木研究の第一人者の故岩城之徳先生です。

岩城先生の研究方法は徹底的に資料にあたり、資料に基づいて真実を解明していく実証主義的方法でしたが、欠けた資料の空白を埋めるには、次の資料が出て来るのを待たなければならず、それではいつまで経っても啄木の全体像をつかむことができないと考え、欠けた部分は推理で補うようご指導くださいました。

啄木は、日記にしましても、書簡、エッセイ、論文にしましても、考えたことや出来事をすべて書き残しているわけではありませんし、あえて書かなかったこともあります。その書かれていない部分を推理するのはとても楽しく、そこから啄木の真意が見えて来た時、その時が私の至福のひとときです。この至福を読者の皆さまにもお分けできましたなら、本当に嬉しく思います。


この本を作るにあたりましては、IBCラジオ「石川啄木うたごよみ」のリスナーの皆様のお便りや道端で出会った方から温かな励ましをいただきました。また、ラジオを通して啄木の魅力を届けるためにご理解をいただき、共に番組を作ってくださったディレクターの方々、そしてアナウンサー土村萌さん（前任）、松原友希さん（現）にも心からお礼申し上げます。

最後にこの本のためにご協力、ご助言をくださいました橘智恵子さんのご令孫・脇田千春様、IBCラジオ放送部長の中村好子様、私の友人の菊坂道子様に厚く感謝申し上げます。

二〇二〇年十月

山本　玲子

山本　玲子　（やまもと　れいこ）

啄木ソムリエ。

一九五七年　岩手県に生まれる。岩手県立博物館勤務後、財団法人石川啄木記念館に二十四年間勤務。二〇一三年十一月に財団法人解散後、啄木ソムリエとしてフリーの立場で啄木の魅力と感動を伝えるべく活動中。IBC岩手放送のラジオ「石川啄木うたごよみ」に出演中。

主著に『花と香りと女のくらし』（岩手出版）・『啄木の妻　節子』（緑の笛豆本の会）・『啄木歌ごよみ』（石川啄木記念館）・『拝啓　啄木さま』（熊谷印刷）・『夢よぶ啄木・野をゆく賢治』（山本玲子・牧野立雄共著　洋々社）・『啄木と明治の盛岡』（門屋光昭・山本玲子共著　川嶋印刷）・『新編　拝啓　啄木さま』（熊谷印刷）・『啄木うた散歩』（盛岡出版コミュニティー）

石川啄木　トレビアンなお話

ISBN 978-4-909825-23-0
定価 1,000 円 + 税

発　行　2020 年 11 月 24 日
著　者　山本　玲子
発行人　細矢　定雄
発行者　有限会社ツーワンライフ
〒 028-3621
岩手県紫波郡矢巾町広宮沢 10-513-19
TEL.019-681-8121　FAX.019-681-8120
印刷・製本　有限会社ツーワンライフ